El asesino de Village Street

Annabel Navarro

Dedicado a mis padres y hermanos por

apoyarme en cada nueva locura.

El asesino de Village Street

©2013, Annabel Navarro Cuevas

Todos los derechos reservados.

1ª edición. 2013

ISBN- 978-1493669608

Para _____

Espero que disfrutes con esta dinámica historia,

en la que la búsqueda del culpable, lleva a la

protagonista a una ardua contrarreloj.

Con cariño, la autora.

Índice

Capítulo I

Natalie bajó del destartalado autobús que la había traído desde la ruinosa estación de tren. Cuando les explicó a sus amigos, familiares y colegas de profesión que había comprado un billete con destino a ninguna parte, todos pensaron que era una cita literaria; nunca creyeron que se tratara de algo literal.

Se encontraba perdida en un alejado pueblo, en medio del Estado más olvidado de EEUU. El pueblo se expandía alrededor de una calle principal; en el margen derecho estaban las viviendas de los lugareños, y en el izquierdo los comercios y las empresas de servicios, custodiados a sus espaldas por el aserradero. Al final de la calle, una enorme plaza circular se erigía como antesala de la Biblioteca, el Ayuntamiento, la Iglesia y la

Comisaría. Tras ellos, la tierra arada daba lugar a los campos de cultivo.

El edificio que encabezaba la zona comercial era una oficina de correos, así que decidió entrar para pedir algunas indicaciones. William Melvin era el encargado de la oficina de correos. Alto, escuálido y de aspecto enfermizo, la miraba con sus enormes ojos azules, casi sin pestañear.

—Buenos días —el señor Melvin la saludó desde el mostrador —¿Se ha perdido señorita?

—Buenos días. Estoy buscando la casa de Margaret Henryson —era el lugar que le habían conseguido para instalarse mientras durara su estancia en el pueblo. La señora Henryson había fallecido recientemente y el alcalde se había encargado de arrendar la vivienda.

—Pobre, señora Henryson —dijo sin que su expresión reflejara ningún atisbo de pena —¿Es usted familiar suya?

—No —Natalie sonrió a la espera de las señas pero Melvin aguardaba más información. En las grandes ciudades la mayoría de la gente tiene prisa y no presta interés a casi nada. Allí ocurría todo lo contrario, el tiempo parecía haberse detenido y todo el mundo era como una gran familia con ansias de saber de los demás —He alquilado su casa. Me instalaré tan pronto pueda encontrarla —Melvin sorprendido, no conseguía articular palabra.

—La nº 11, justo en frente de la clínica del doctor Morrison.

—Gracias, ¡qué tenga un buen día! —Natalie salió del local en dirección a su nuevo hogar. Todos los vecinos con los que se cruzaba se quedaban observándola y antes de llegar a la casa, el pueblo entero era conocedor de su visita.

Cuando finalmente se halló frente el nº 11, se sintió decepcionada. La valla de la entrada estaba descolorida y carcomida, el jardín estaba bastante descuidado y la fachada no tenía buen aspecto. Se preguntaba si el interior estaría mejor conservado, pero su descubrimiento tendría que esperar. El alcalde y su mujer habían venido a darle la bienvenida. Natalie dejó su equipaje en el porche y salió a saludar. Él era un tipo bajito y regordete, de pelo canoso y cuidado bigote. Usaba pantalón de pana beige y una camisa verde de cuadros. Su mujer era bastante más joven que él, de piel clara y pelo oscuro, no dejaba de recolocarse el vestido verde de lino, muy apropiado para aquel atípico octubre en el que las temperaturas eran bastante cálidas.

—Buenos días, mi nombre es Peter Gordon y soy el alcalde. Es un honor para nosotros tener…—su mujer carraspeó a la espera de una presentación.
—Querido… —dijo recordándole su presencia.
—Le presento a la Sra. Gordon —la complació centrándose en lo que realmente le interesaba — Como iba diciéndole, es un honor para nosotros tener…—Natalie lo interrumpió haciéndole sentir ofendido.

—Mi nombre es Natalie Davis. Para mí sí que es un honor que se hayan tomado la molestia de visitarme; como comprenderán no puedo atenderles ahora mismo —dijo señalando la casa — tengo mucho trabajo y el viaje ha sido agotador —La pareja la miró con desprecio ante su descortesía. Natalie se recordó a si misma que ya no estaba en la ciudad y debía adaptar sus formas —¿Qué les parece si dentro de un par de días les invito a cenar? Bueno, si su agenda se lo permite. Seguro que un alcalde como usted debe estar muy ocupado —sabía que el ego de ese hombre no podría resistirse a su palabrería. Los Gordon estaban fascinados con la idea y se marcharon orgullosos y contentos por ser tan buenos anfitriones. Natalie sacó de su mochila un libro de notas y tomó algunos apuntes antes de continuar.

Respiró profundamente, giró la llave y empujó con resignación la puerta. Por suerte, el exterior no se correspondía con el interior; totalmente restaurado y decorado con un comedido estilo rural. El recibidor daba paso a la derecha a la cocina-comedor y a la izquierda, a una sala de estar con mirador; una biblioteca, un baño y una habitación de invitados. Frente a ella, se encontraba la escalera que llevaba hasta el segundo piso donde estaban ubicadas el resto de habitaciones.

Aliviada, husmeó por cada rincón antes de comprobar la zona trasera donde había un pequeño jardín árido. Sin duda, hacía tiempo que la Sra. Henryson había desistido de cuidar aquel lugar, tal vez desde la muerte de su marido. Natalie, mientras especulaba sobre la historia de la mujer, recorría la parcela pensativa. Regresó al interior y una vez más anotó algo en su diario.

Tras comprobar como estaba todo distribuido, decidió instalarse en la planta baja. Optó por cerrar el resto de habitaciones de la planta superior hasta que decidiera qué hacer con aquella casa y trabajar en la biblioteca contigua a su dormitorio que, aunque de reducidas dimensiones, era bastante luminosa. Desempacó, se tumbó para comprobar no haber elegido la peor habitación y, antes si quiera de poder crearse una opinión, se quedó dormida hasta el día siguiente.

El sol que se colaba por su ventana le recordó que tenía mucho de lo que ocuparse. Se duchó, preparó su bolso y salió de aquella casa en dirección a la cafetería. Natalie seguía despertando curiosidad a su paso; todo el pueblo se preguntaba qué haría una chica de ciudad en un lugar como aquel.

Village Street era un tranquilo pueblo del sur, situado a más de 70 km de la ciudad. Su fundador John Foster, un idealista que había puesto en práctica su sueño, había sido uno de los primeros colonizadores en llegar a la zona. Harto de la gran cantidad de sangre derramada por hacerse con un pedazo de tierra, decidió distribuir los edificios alrededor de un única calle principal; además de repartir la tierra de cultivo y las casas de manera equitativa. Cada lugareño contaba con la misma porción de tierra y con una casa con igual distribución. El empeño de Foster por mantener la concordia, dio como resultado un área geográfica de líneas perfectas y rectangulares. Algo novedoso en una época en la que los asentamientos se realizaban de manera espontánea.

Village Street tenía su propio suministro de agua y electricidad, y cada familia se encargaba de producir o servir lo necesario. Una vez a la semana, el tendero viajaba a la ciudad para obtener aprovisionamiento de los recursos que ellos mismo no podían suministrarse. Pese a la distancia existente de una ciudad de grandes edificios, Village Street estaba inmersa en el siglo XXI; disponían de servicio de Internet, las calles estaban asfaltadas y contaba con demás comodidades. Natalie sintió remordimientos por haberse hecho una idea equivocada del pueblo, llevada por los prejuicios de pertenecer a una gran ciudad como era Nueva York.

Natalie dejó de leer la guía del pueblo y entró en la cafetería ambientaba en los 50's. Un enorme luminoso anunciaba que había llegado a Ronnie's. Todas las miradas se giraron hacia ella. La joven dio los buenos días y se sentó en una mesa junto a la ventana.

Sacó su cuaderno y comenzó a escribir mientras esperaba a la camarera; ante la atenta mirada del resto de clientes.

—¡Buenos días! Mi nombre es Betty —interrumpió la camarera. Era una chica de unos quince años bastante delgada. Llevaba el pelo recogido en una alta cola de caballo y resoplaba para evitar que el flequillo se le metiera en los ojos. La joven no dejaba de sonreír, mostrando una hilera imperfecta de dientes.

—¿Café y tostadas? —sugirió.

—Buenos días, Betty. ¿Podría tomar zumo de naranja y tostadas? —la joven se giró para consultar con el cocinero que, desde la ventana que unía la zona de la barra y la cocina, prestaba atención a la conversación. Ronnie, que resultaba también ser el dueño, asintió y Betty continuó con el trabajo.

—Ahora mismo se lo traigo señorita… —guardó silencio a la espera de una presentación.

—Davis. Pero puedes llamarme Natalie.

—Gracias, señorita Davis —la camarera continuó atendiendo las mesas mientras los clientes murmuraban y continuaban ojeando a Natalie.

Natalie se sentía como un pez exótico que es observado a través del cristal.

—¿Puedo sentarme con usted? —se sobresaltó al oír aquellas palabras que la sacaron de su ensimismamiento. La joven no sabía qué responder —Tal vez así consigamos que dejen de tratarla como un animal de feria – Davis sonrió y permitió que le hiciera compañía.

—Me llamo Robert Green. Soy el propietario de la tienda de antigüedades.

—Mi nombre...

—Natalie Davis —Añadió Green —Lo oí cuando se lo dijo a Betty. Estaba sentado en la barra tomando un poco de café —el hombre trataba de explicarse mientras señalaba el sitio en la barra que había abandonado —Créame, no son mala gente pero por aquí nunca viene nadie de fuera. No somos una zona turística ni existen buenas comunicaciones por carretera —la joven asintió recordando lo que le había costado encontrar a alguien que accediera a acercarla desde la estación de trenes —Lo único que sienten es curiosidad; una vez que la hayan satisfecho ni notaran su presencia. ¿Qué le trae por aquí? — Green no se andaba por las ramas.

—Soy antropóloga. Estoy haciendo un estudio sobre las diferencias entre grandes y pequeños asentamientos. Me pareció significativo comparar Nueva York con un lugar como este.

—He visitado Nueva York varias veces, por mi trabajo viajo mucho, y sin duda notará el contraste. ¿Cuánto tiempo piensa quedarse?

—Aun no lo tengo decidido, depende de muchos factores — Betty trajo el desayuno.

—Aquí tiene señorita Davis —Betty no apartaba su vista de Green, desplegando su peculiar y coqueta sonrisa; sin duda, despertaba su interés. Fue entonces cuando Natalie lo contempló con detenimiento. Rondaría los 40, las primeras canas en su sien lo delataban. Ojos grandes, barbilla prominente, corpulento; era bastante atractivo. Davis se descubrió sonriendo.

—¿Quiere algo más señorita Davis? —le preguntó la camarera sin dejar de mirar a Green.

—No, gracias.

—¿Y usted señor Green? —pronunció su nombre de manera pausada.

—No, preciosa —Betty empezó a reír, sonrojándose. Ronnie tuvo que llamarle la atención para que continuara con el trabajo —Creo que también es hora que yo continúe con el mío. Espero no haberla incomodado —añadió Robert.

—No se preocupe. Ha sido agradable distraerme de las miradas.

—¡Qué tenga un buen día! —dijo mientras se despedía y abandonaba el local. Natalie acabó su desayuno, pagó la cuenta y siguió conociendo el pueblo.

Capítulo II

Pasada una semana de su llegada, Davis había sido aceptada como una más. Las miradas inquisidoras habían cesado y todo transcurría con normalidad. La investigadora había acumulado bastante información: sabía que una vez a la semana Melvin viajaba a la ciudad para gestionar el correo con la oficina central; y su viaje solía coincidir con el de Smith que se trasladaba para adquirir suministros. Ellos, junto a Green, eran los únicos que habitualmente abandonaban el pueblo; el resto vivía tranquila y cómodamente en Village Street. Además, había confeccionado una lista con todos los nombres de los lugareños y el rol que desempeñaban en la comunidad; algo que le serviría de gran utilidad a la hora de saber a quién debía acudir para según qué cosas.

La joven organizaba sus notas cuando alguien llamó a su puerta. Extrañada por recibir visitas, escondió el portafolio bajo el sofá, colocando sobre la mesa otro en el que solo había datos demográficos sobre el pueblo. Revisó con rapidez no haber dejado a la vista nada comprometido y salió de la biblioteca cerrando la puerta con llave.

Tras la cristalera pudo ver como la señora Gordon esperaba con impaciencia.

—Buenas tardes, Sra. Gordon. Siento haberla hecho esperar pero cuando trabajo, casi desconecto del mundo —Natalie trataba sonar convincente y amable, pues sabía que su aversión a la comadrería la haría ser desconsiderada y lo último que deseaba era hacer enemigos.

—No se preocupe querida —respondió la mujer.

—¿En qué puedo ayudarla?

—Bueno... —Gordon esperaba a ser invitada a pasar, pero Natalie no tenía ninguna intención de alargar aquello más de lo necesario. Siendo consciente de que no tendría éxito, Gordon comenzó a hablar.

—Como ya está debidamente instalada, al señor Gordon y a mí nos gustaría aceptar su invitación para venir a cenar —Natalie había temido que ese momento llegase.

—Si le soy sincera señora Gordon…

—Por favor, llámeme Patrice.

—Patrice soy un desastre en la cocina. Y realmente no creo que se merezcan pasar por eso. ¿Qué te parece una merienda aquí? —Patrice observó el descuidado porche y pensó otra alternativa.

—Mi Peter estaba tan contento con la idea de la cena…—dijo refiriéndose al alcalde y tratando de persuadir de esa manera a Natalie; pero esta no se iba a dejar convencer.

—Una lástima. ¿Les vendría bien el domingo por la tarde? —quiso concluir Davis. Patrice se negaba a quedarse sin su cena así que decidió asumir el papel de anfitriona.

—Como comprenderás, no puedo dejar al alcalde sin su cena. ¿Qué te parece si organizo la cena en mi casa? Invitaré a algunos amigos más y así pasaremos una velada perfecta — Natalie asintió — Pues no se hable más. El sábado por la noche cena en mi casa. Adiós, señorita Davis —Gordon dio media vuelta en dirección a la calle no sin antes añadir —¿Podrías traer el postre? El alcalde adora la gelatina de lima, ¿sabrás prepararla? —preguntó con inquina. Natalie asintió y sin dar más explicaciones regresó al trabajo.

Ocupada en sus notas e informes, no oyó el teléfono que tuvo que sonar con insistencia hasta lograr llamar su atención.

—Davis al habla.

—¿A qué esperabas para coger el maldito teléfono? ¿Todavía no sabes cómo funciona esto? —gruñó una voz masculina.

—Sí, pero…—Natalie trataba de disculparse sin éxito.

—Sin "pero". ¿Alguna novedad?

—Creo que ha sido una pérdida de tiempo venir hasta aquí. No hay nada interesante, demasiado tranquilo —confesó al joven.

—Tal vez, aun así quiero que te quedes un poco más. Volveremos a hablar dentro de una semana. Y la próxima vez estate más atenta al teléfono. Adiós —el jefe de Natalie colgó sin esperar que esta se despidiera. Debía obtener más información de aquel lugar y sin duda la cena con los Gordon sería una buena oportunidad.

El día esperado había llegado. Cuando entró en casa del alcalde, todos los invitados habían llegado ya. Estaban el jefe de policía (Henry Cooper) y su mujer (Eleonor Cooper), el cura del pueblo (el padre Thomas), el doctor John Morrison, Robert Green, los Gordon y su sobrina Estela.

—¡Vaya! En una semana ha pasado de pez exótico a cenar con los altos cargos del pueblo. Me impresiona señorita Davis —le susurró Green mientras le retiraba la silla para que se sentara junto a él.

—Me alegra que esté aquí —se sonrojó tras decirlo y ambos rieron de manera cómplice; algo que no escapó a los ojos de Patrice.

—Señorita Davis ¿por qué no se sienta junto a Estela? Mi sobrina estará encantada de que le cuente cosas sobre Nueva York —Green la sujetó discretamente del brazo y no la dejó responder.

—Hay toda una noche para hablar de Nueva York —Patrice aunque contrariada, asintió con una forzada sonrisa y ocupó su lugar en la mesa sin rechistar. Green no se volvió a dirigir a Davis hasta que todos estuvieron ocupados con sus propias conversaciones.

El alcalde presidia la mesa. A la izquierda, el sheriff Cooper, Patrice Gordon, Estela y el doctor Morrison. A la derecha, el padre Thomas, la señora Cooper, Robert Green y Davis.

Morrison se afanaba en colmar de atenciones a Estela, quien ocultaba su satisfacción tras una fingida indiferencia. El padre Thomas y la señora Eleonor Cooper, acordaban preparar una merienda para recaudar fondos. El alcalde comía y bebía sin importarle nada más que su plato no quedara vacío. Y Patrice, deseosa de inmiscuirse en las conversaciones ajenas, tuvo que reprimirse y dedicarse a controlar que la mano del policía dejará de acariciarle la pierna. Natalie los observaba a todos sin interés, limitándose a sonreírles cuando sus miradas coincidían.

—¿Cómo lleva su estudio? —habló finalmente Green.

—De momento, solo acumulo notas. Nada interesante de momento.

—Tendremos que buscarle algo para que se distraiga y no decida marcharse.

—Por ahora, puede estar tranquilo que no tengo intención de hacer las maletas —Natalie inconscientemente colocó su mano en el antebrazo de Robert y él se sintió agradado —Cuénteme, ¿cómo es que tiene un tienda de antigüedades en un sitio como este? —Green apartó el brazo y se puso algo serio.

—Es más un taller que una tienda. Viajo, compro, restauro y luego vendo a través de Internet. Village Street es un pueblo pero no vivimos en la Edad Media.

—Sí, eso es algo que me llamó la atención. Cuando uno piensa en este lugar, de pocos habitantes, con malos accesos y alejado del mundo, no se imagina que contará con Internet y telefonía móvil.

—¿Pensaba que éramos una colonia Amish? —ambos rieron.

—Algo así… tengo la sensación de que nada malo puedo ocurrir aquí.

—No se equivoque. La mente humana es mezquina por naturaleza; aunque cambie el contexto, nos mueven las mismas motivaciones —algo en el tono de su voz hizo que Natalie se estremeciera —No se preocupe, llevo aquí poco menos de tres años y nunca ha pasado nada —se acercó un poco más hacia ella y le susurró —aquí la policía es más un guarda forestal que otra cosa.

—¿De dónde es usted?

—Del norte.

—¿Y qué le hizo venir a Village Street?

—Pues lo mismo que a usted.

—¿También quería hacer una investigación? —preguntó con burla.

—No, buscaba algo diferente —Green le hizo un guiño y cambió de tema —Esta noche ha tenido suerte gracias al vino que traje pero no se librará fácilmente de Patrice —dijo señalándola con la cabeza. Natalie la descubrió observándolos —Tras el postre, comienza lo peor —advirtió Robert —Mi excusa es que mañana salgo temprano de viaje. ¿Y la suya? — Natalie lo miró confundida —Aun tiene tiempo de inventar algo —concluyó con voz profunda.

No eran más de las 11 cuando Green se despedía de los Gordon y demás invitados, prometiendo acompañar a Natalie que se sentía indispuesta. Cuando se encontraban a una distancia prudencial…

—Ha sido arriesgado decir que no se encontraba bien teniendo un médico con nosotros, pero no ha estado mal. Si lo de investigadora no le funciona siempre podrá probar suerte en el teatro —sonrió divertido. Se tomó unos segundos antes de continuar —¿Qué le ha parecido la alta esfera de Village Street?

—Pues… nunca habría pensado que el sheriff y Patrice…—Natalie se interrumpió para evitar parecer cotilla. Green empezó a reírse.

—Se confunde. Creo que aún le queda mucho para poder comprender la mente humana —Natalie se sonrojó — Tranquila, el secreto está en observar y no prejuzgar. Con un poco de suerte, antes de que vuelva a casa, será toda una experta —La joven caminaba decepcionada ante la crítica — No se desanime. Esta noche voy a ayudarla —le pellizcó la mejilla y la joven se sintió de nuevo una tonta quinceañera; entendió perfectamente la actitud de Betty en la cafetería. Aquel hombre enigmático, seguro de sí mismo y atractivo, conseguía despertar algo en ella a pesar de los más de 10 años de diferencia.

—El sheriff es un enamorado del vino, el problema es que se vuelve un pulpo con dos copas de más; le hubiese intentado meter mano a cualquiera que se sentara junto a él.

—¿Por eso insistió en que me sentara a su lado?

—Así me gusta que haga trabajar a esa cabecita —le dio unos toquecitos en la frente con su dedo índice —Por eso y porque es agradable disfrutar de nueva compañía —Natalie no supo que responder, pero él tampoco le dio oportunidad - ¿Por qué cree que la señora Cooper no dejaba de hablar con Thomas? Es una beata, cree que hacer buenas acciones y congraciarse con la Iglesia hará que su marido sea un buen chico.

—¿Y el alcalde siempre es así de distante?

—Sinceramente, me sorprendió bastante su actitud de hoy. Tal vez se sintiera intimidado por usted… una mujer joven, guapa e independiente… no es algo que se estile por aquí.

Natalie caminaba tan distraída asimilando toda la información recibida, que el beso que este le plantó en los labios la pilló completamente por sorpresa. Green se apartó, le deseó buenas noches con una enorme sonrisa y dio media vuelta en dirección a su casa.

Davis giró un poco la cabeza y comprobó que se encontraba justo frente a la puerta del nº 11. Sin duda, Robert Green era una persona muy especial.

Capítulo III

Tras una noche no muy fructífera, en cuanto a recopilación de datos se refería, Natalie observaba las páginas de su libro de notas tumbada en la cama. Aquella cena no había salido como esperaba pero gracias a Robert, había podido descubrir cosas que a ella se le hubiesen pasado por alto; pequeños detalles aparentemente insignificantes pero que podían dar forma a la escena completa.

Recordó las palabras de Green "observar y no prejuzgar" y cerró los ojos rememorando la estampa con la intención de extraer algún detalle que le sirviera.

"El alcalde cenando y bebiendo, risueño y ausente. El sheriff tocando, una y otra vez, la pierna de Patrice que se afanada en detenerlo sin llamar la atención. Estela y Morrison charlando sobre volver a ir a la ciudad. Eleonor Cooper adulando y prometiendo ayuda sin límites al padre Thomas… —Natalie se detuvo tratando de vislumbrar esa frase que podía guiar sus pasos —Volver a la ciudad. ¿Morrison abandonaba el pueblo habitualmente? -Era algo que tenía que investigar —¿En qué grado habría contacto con el exterior? —se preguntaba mientras anotaba a Morrison en su lista. Melvin, Smith, Green y Morrison. Debía aprovechar la ausencia de Green para investigar a los hombres. Tal vez colaborar con la parroquia le sirviera para cotillear un poco". Pero muy pronto iba a darse cuenta de que no tendría oportunidad.

Unos fuertes golpes metálicos que provenían de la calle, interrumpieron sus divagaciones. Guardó su diario dentro del armario, escondido tras algunas ropas, y salió a ver lo que sucedía. Eran las seis de la mañana del domingo y casi todo el pueblo dormía.

Natalie se asomó con sigilo, tratando de pasar desapercibida; no sin antes coger una chaqueta de lana para ocultar el short y la camiseta de tirantas que usaba de pijama. Se acercó hasta su valla y miró hacia donde provenían los ruidos. A la altura del nº 8, frente a la panadería, un Green fuera de sí aporreaba el capó de su coche con una de sus herramientas.

Varios vecinos habían imitado los pasos de Davis y contemplaban atónitos la inusual escena. Robert siguió danto golpes hasta que se quedó sin fuerzas y le costó respirar; entonces, tiró junto al coche la herramienta y se dirigió a casa del mecánico.

—¡Billy Carlson! ¡Saca tu trasero de la cama! — vociferó al tiempo que con el puño trató de tirar la puerta abajo. La señora Carlson temerosa, abrió con cuidado sin descolgar la cadena; dejando poco menos de un palmo de distancia para poder hablar con Robert.

—Billy se marchó anoche al lago con los chicos, no volverá hasta la hora de cenar —el hombre colérico, se alejó maldiciendo y profiriendo toda clase de insultos.

Algo no iba bien con aquel tipo. En cuanto pasó por delante de la consulta de Morrison y pudo verlo con claridad, Natalie lo supo. Había visto esos síntomas en alguna ocasión y no había dudas de que Green sufría el síndrome de abstinencia.

Sin pensarlo, la joven salió tras él. Cuando lo alcanzó, el hombre ya había llegado a su taller; Natalie se coló para seguirlo.

—¿Robert? ¿Puedo ayudarte? —Green golpeaba con un tablón de madera, que había encontrado entre sus cosas, todo lo que tenía a su alcance.
—¡Vete! ¡No quiero ver a nadie! —el hombre atento y amable que conocía se había esfumado.
—Sé lo que te pasa y no me… —Natalie dio un paso tratando de acercarse con tan mala suerte de

tropezar y cortarse en la mano con una de las herramientas que Robert usaba para restaurar.

La sangre calmó a Green que presuroso se dirigió a ayudar a la chica; le cogió la mano y mirándola directamente a los ojos, le lamió la herida. Natalie se sintió extrañamente excitada, por lo que no opuso resistencia cuando Robert la alzó por los pies, cargándola a sus hombros para llevarla hasta el segundo piso. El anticuario vivía en la parte de arriba de su tienda-taller, en un almacén que había reconvertido para hospedarse. Allí, ambos saciaron sus ganas hasta que Green calló en un profundo sueño. Tan pronto como este se durmió, Natalie se escabulló para volver a casa; no estaba preparada para afrontar una conversación sobre lo que había ocurrido. A punto estaba de salir cuando Morrison llamaba a la puerta.

—He venido tan pronto como he podido —se excusó el doctor. Natalie cerró la puerta tras de sí impidiéndole pasar.

—Será mejor no molestarle. Ahora mismo duerme. Tal vez, un poco de descanso sea suficiente — sugirió la chica.

—Tiene razón. Volveré a visitarle más tarde. ¿Pero qué le ha pasado? —preguntó al ver el corte de su mano.

—Tropecé por culpa de estas malditas chanclas — respondió encogiéndose de hombros.

—Vayamos a mi consulta para que pueda curarle — Natalie trató de negarse pero se contuvo pensando que sería una buena oportunidad para hablar con el doctor.

La consulta era un inmenso rectángulo dividido en varias habitaciones. En la entrada había varias sillas que rodeaban la pared y una mesa junto a la puerta tras la que el doctor reconocía a los pacientes; estaba formado por una camilla, una silla, una mesa auxiliar transportable y un enorme armario que ocupaba toda una pared, donde guardaba medicinas y utensilios. Las otras dos puertas restantes conducían al quirófano y a una habitación para vigilar a los pacientes tras el post-operatorio.

—Siéntese en la camilla mientras cojo lo necesario

—Natalie obedeció —¿tiene alguna alergia?

—No, que yo sepa.

—¿Está tomando algún medicamento?

—No, ninguno —Natalie se desesperaba con el protocolo, deseosa de poder ser ella la que hiciera las preguntas.

—¿Con qué dijo que se hizo la herida?

—Una herramienta que había en el taller — Morrison hizo una mueca.

—Entonces tendré que vacunarla con la antitetánica

—ahora fue el turno de Natalie de fruncir el ceño.

Tras la inyección y la cura, Davis se encontraba un poco mareada.

—Es habitual en algunos pacientes. Túmbese y relájese, se le pasará enseguida —John la ayudó a recostarse en la camilla.

—¿Por qué no me cuenta algo? Así no pensaré en las náuseas —suplicó la joven con voz lastimera.

—Muy bien... ¿Qué quiere que le cuente? —preguntó el médico aturrullado.

—No sé... —mintió —podría hablarme de cuánto tiempo lleva viviendo aquí, si ha viajado... lo que sea para que se me pase esta angustia —dijo exagerando su malestar. John Morrison era un hombre de edad madura, escondido tras unas gafas de montura negra y un bigote perfectamente perfilado. Las contadas ocasiones en las que se habían encontrado, siempre había usado el mismo estilo de vestir: un vaquero, unas botas texanas y una camisa blanca.

—De acuerdo, le contaré como llegué aquí si así consigo que se sienta mejor. Nací y me crie en Village Street, pero cuando cumplí la edad quise ir a la Universidad para estudiar medicina. Me viene de familia, sabe usted, mi abuelo y mi padre fueron los médicos del pueblo. A mí me parecía un lugar aburrido, todos se conocían, las cosas de los jóvenes… Así que cuando me marché lo hice con la intención de no regresar. Me licencié, me especialicé en cirugía general y estuve trabajando en Seattle – su gesto se endureció y por un segundo pareció como si algún recuerdo le perturbase — Luego me tomé un año sabático para viajar por Europa, viví en España y un día, recibí una llamada de mi madre avisándome de que mi padre había fallecido.

—¡Oh! Cuánto lo siento…—exclamó Natalie que permanecía con los ojos cerrados y recostada.

—Algo dentro de mí, me hizo tomar la decisión de ocupar el puesto de mi padre y… aquí estoy. ¿Se encuentra ya mejor?- quiso saber.

—Creo que será mejor que regrese a casa, ya me encuentro más aliviada.

—Me alegro de que mi historia le haya servido.

—Ha sido muy amable doctor Morrison. Gracias por todo – Natalie bajó de la camilla y fue acompañada por el médico hasta la puerta.

—Si necesita cualquier cosa, no dude en llamarme. Estoy a un paso de su casa —dijo recordándole que la clínica estaba justo en frente del número 11. Morrison le tendió una tarjea y ambos se despidieron.

Rememorar viejos tiempos había inquietado al doctor. Había una parte de su pasado que no deseaba recordar; cerró la consulta con llave y se tomó unos minutos para descansar sobre la camilla. Inspiró el aroma que había dejado en ella Natalie, y el olor a lavanda le recordó a Estela. Estaba iniciando una nueva vida y nunca más tendría que preocuparse de Seattle ni de nada de lo que allí sucedió. Cerró los ojos, inspiró y expiró con calma y se durmió.

Capítulo IV

Cuando Natalie decidió abandonar la cama, era casi la hora de almorzar; así que decidió darse una ducha e ir a la cafetería a comer algo. Tras los acontecimientos de la madrugada, supuso que todo el mundo estaría deseoso por comentar lo ocurrido y quizás tuviera suerte y descubriera algo importante.

Davis estaba en lo cierto, el tema de conversación era el espectáculo de Green. Pero a ella lo que le preocupaba era la actitud de Betty. Atendía a los clientes a desgana, estaba ojerosa y cuando creía que nadie la miraba, se secaba las lágrimas.

Aquel día el local estaba lleno, así que Natalie no tuvo más remedio que sentarse en la barra en el único sitio que encontró libre; la esquina derecha que estaba junto a la puerta de vaivén de la cocina.

—¡Betty! ¡La número cinco! ¡Betty! —volvió a insistir Ronnie pulsando con fuerza la campanita para que la joven recogiera los platos ya preparados —¡Menudo día nos espera! —exclamó con desesperación.

—¿Se encuentra bien? —quiso saber Natalie.

—El novio que se ha inscrito en la academia de policía —siguió trabajando no sin antes llamar a Betty una vez más.

—¿Quién es el novio? —Davis estaba intrigada, pero en esta ocasión fue el padre Thomas, que estaba sentado a su izquierda, el que le respondió.

—El chico de los Carlson, Denny —Natalie se sobresaltó pues hasta ese momento no había sido consciente de su presencia; y así se lo hizo saber.

—¡Buenos días padre Thomas! Ni siquiera me había dado cuenta que estaba usted ahí —El sexagenario la miraba por encima de sus gafas. Vestía el hábito y en la muñeca derecha llevaba un rosario en forma de pulsera con una pequeña cruz de madera.

—No me extraña, parece que hoy todo el pueblo ha decidido almorzar aquí. La mayoría de los domingos apenas somos una docena —Betty volvió a pasar junto a ellos llorando.

—¡Pobre Betty! El primer desengaño es el más doloroso, luego una aprende a sobrellevarlo. ¿Estará fuera mucho tiempo?

—Al parecer son dos años. Su madre está muy disgustada pero ha sido imposible disuadirlo; está empeñado en abandonar Village Street.

—¿Cuándo se marcha?

—Mañana temprano. Se llevará la vieja camioneta de los Carlson para venderla en la ciudad y luego se dirigirá a la academia —Natalie comía sorprendida de la incontinencia verbal del párroco. Desde luego la concurrencia extraordinaria en la cafetería denotaba que el cotilleo era algo intrínseco a ese lugar; por suerte, algo que a ella la beneficiaba.

De repente, Patrice Gordon se unió a la conversación quedándose de pie a la espalda de ambos. Aquella mañana había decidido imitar el peinado de Natalie, un recogido ahuecado que terminaba en una cola a la altura media de la cabeza; parecía que la misma persona se había encargado de arreglarlas.

—¡Buenos días! Padre Thomas. Señorita Davis —no les dejó responder para tratar el tema del momento -¡Menuda noche! No se habla de otra cosa en el pueblo. Estamos muy consternados pues el señor Green jamás ha dado ningún escándalo; es una persona encantadora…

—Por lo que sé estaba bastante estresado por un negocio que tenía entre manos. Supongo que solo fue un mal día —Natalie calló en seco. Normalmente en sus investigaciones trataba de mantenerse al margen pero no había podido evitar defender a Robert.

—Ya… he oído que fue usted quien consiguió calmarlo —la mirada pícara que le dedicó la mujer consiguió sonrojarla; el padre Thomas salió en su defensa.

—A veces lo único que necesitamos para recuperar la cordura es a alguien que nos sepa escuchar y, sin duda, la señorita Davis es una grata compañía —con un tímido "gracias", la conversación quedó zanjada. Natalie pagó su almuerzo y se despidió. Justo cuando salía, Robert Green, hacía su entrada. Su llegada silenció el local.

—Robert…—fueron las únicas palabras que pronunció la joven.

—¡Buenas tardes señorita Davis! ¡Qué tenga un buen día! —dijo el hombre que sin apenas mirarla, buscó presuroso un lugar donde sentarse.

Natalie paralizada en el umbral, optó por continuar su camino, frustrada, furiosa y sin echar la vista atrás.

Capítulo V

Tras una emotiva despedida, llena de súplicas e intentos de persuadirlo, Denny Carlson puso en marcha el motor de la vieja camioneta. Antes de iniciar la marcha, echó una última ojeada a todo lo que le rodeaba, con la esperanza de que Betty apareciera para despedirse o, en el mejor de los casos y menos probable, para marcharse con él.

Decepcionado, pisó el embrague, metió la marcha y con gesto lastimero dijo "adiós" a su familia y a lo que muy pronto iba a convertirse en su antigua vida.

—Vamos Penny, regresemos a la cama —sugirió Billy Carlson. Denny había decidido abandonar Village Street de madrugada para llegar a la ciudad en las primeras horas del día.
—Tengo un mal presentimiento Billy —dijo apenada Penny.

—Cariño, estará bien. Hicimos un buen trabajo con él, seguro que no se mete en líos.

—Tienes razón. Además, en seis meses vendrá a visitarnos y seis meses pasan volando ¿verdad? —Billy besó en la frente a su esposa, llevándola al interior.

—Muy pronto volveremos a verlo —añadió Billy para concluir la conversación —mientras la pareja regresaba al interior, Denny se alejaba lentamente ajeno a que unos ojos habían sido testigos de todo. Betty, finalmente, había acudido a la cita pero no con el valor suficiente; ya era demasiado tarde para ambos.

Denny viajaba casi sin pisar el acelerador pues temía que la tartana se descompusiera, en cualquier giro de rueda, en medio de aquel empedrado y oscuro camino. La única luz que le acompañaba eras los focos de su furgoneta.

Llevaba muy poco trayecto cuando un bulto a la izquierda de la carretera, llamó su atención. Le hizo destellos y el individuo se apartó para no entorpecer su camino. Denny lo reconoció en seguida, a pesar de ir casi oculto tras un anorak negro; algo extraño, porque no era una noche demasiado fría.

El joven detuvo el vehículo junto al conocido.

—¿Qué hace por aquí a estas horas? ¿Viaja a la ciudad? —el hombre asintió con la cabeza sin pronunciar palabra - ¡Vamos, suba que le llevo!
—Será más seguro que yo conduzca —sugirió el tipo, a pesar de tener ya la puerta del copiloto abierta. Denny no opuso resistencia y se movió de su asiento con la intención de cambiar de sitio con su vecino.

En un ágil y certero movimiento, la carótida de Denny fue seccionada, cogiendo por sorpresa al joven Carlson que perdió el conocimiento casi instantáneamente en el asiento del copiloto. El asesino observó satisfecho a su víctima antes de continuar con su tarea.

Rodeó el vehículo para ocupar el lugar del piloto y condujo la furgoneta, atravesando la parcela de campo que bordeaba la ladera derecha del camino, hasta interponer una distancia prudencial de la carretera.

Cuando hubo encontrado el lugar adecuado para ocultar el vehículo tras la vegetación, detuvo la marcha e inició su parte favorita. Trasladó el cuerpo a la parte trasera; sacó unos utensilios de su mochila, despojó a la víctima de sus ropas y con un cuchillo de carnicero, rebanó varios filetes de carne humana, su preferida. Le encantaba ir de caza y aquella noche regresaría a casa con una sabrosa recompensa.

Entretanto, Natalie no conseguía conciliar el sueño pensando una y otra vez en la actitud de Green y en lo poco que sentía que avanzaba su investigación.

Llevada por un impulso, saltó de la cama, cambió su pijama por un chándal y salió a correr con la intención de que el cansancio la ayudara a dormirse.

Cuando puso el pie en la calle, aún era de noche; comprobó su reloj y advirtió que quedaba poco para que amaneciera. Hizo algunos estiramientos, observando a su alrededor sin advertir nada que saliera de lo normal, y comenzó trotando antes de iniciar la marcha en dirección a las afueras del pueblo.

Una vez llegado al camino empedrado, dudó si continuar o retroceder, pues el sol empezaba a rayar el cielo y necesitaba descansar unas horas antes de continuar con el trabajo. Optó por no dejar de correr hasta que las piernas le dijeran "basta". No se sentía en muy buena forma; el no haber practicado ejercicio en semanas parecía que había hecho mella en ella. Se detuvo para tomar aliento y relajarse un poco antes de regresar a casa. Algo en el suelo llamó su atención, unas gotas de un líquido rojizo habían salpicado la arena. Se acercó para descartar cualquier sospecha. Las huellas de unas llantas se perdían cruzando el follaje que bordeaba el camino. Se palpó los bolsillos de su chaqueta en busca de su móvil y comprobó la cobertura que estaba en su máximo nivel. Marcó un número de teléfono y, sosteniéndolo en su mano, se adentró entre los matorrales siguiendo el rastro del vehículo, que en su avance, había desbrozado tanto la hierba como los arbustos. A cada paso comprobaba la cobertura de su teléfono y revisaba tan rápido como podía que no se le escapara ninguna pista.

Finalmente se detuvo frente a una furgoneta. Su corazón se aceleró y deseó con todas sus fuerzas no haber ido hasta allí sola. Tomó un poco de aliento y se acercó un poco más. A través de la ventana observó el asiento del piloto lleno de salpicaduras; un reguero de sangre se esparcía por la moqueta de la parte izquierda. En el asiento del copiloto, alguien había amontonado ropa también con restos de sangre. Pero no se veía por ningún sitio a la víctima del ataque.

Comenzó a asustarse; sintió como si todo aquello le viniese demasiado grande. Era la primera vez en su vida que se enfrentaba a algo así y tenía que obligarse a mantener la calma. Cerró los ojos, inspiró y expiró durante unos segundos, y en su mente se configuró la estrategia a seguir.

Comenzó a hacer fotos del vehículo, el asiento, las ropas amontonadas, fotografió también la matrícula y comenzó a correr tan rápido como pudo para regresar al camino. Casi no podía respirar cuando llegó a la vereda.

Allí, fotografió las huellas que la habían llevado hasta la furgoneta y pensó cómo recoger la arena manchada de sangre, a la que también fotografió. "Si tuviera su equipo…" pensó, pero no lo tenía; así que no le quedó otra cosa que improvisar. Quitó la carcasa de su móvil y lo usó como pala donde acumuló lo que pudo para llevárselo con ella.

Tenía que llegar cuanto antes a casa pero antes debía hacer algo; envió todas las fotos a unos de sus contactos con un mensaje de texto: "Urgente. Melvin, Smith, Morrison y…" Se detuvo; no tenía nada que temer así que añadió el último nombre y presionó "enviar". Inició de nuevo una contrarreloj hacia el número 11 de Village Street.

Cruzó la calle tan rápido como sus piernas, ya sobrecargadas, se lo permitían. Ya había amanecido, el pueblo comenzaba a despertarse y algunos lugareños se afanaban en abrir sus negocios, extrañados al verla pasar.

Abrió la portezuela de su valla de una patada, entró en la casa como un remolino e intentó abrir cuanto antes la biblioteca. Lo hacía con torpeza, le temblaban las manos y no conseguía que la llave encajara en la cerradura. Cuando la abrió, la puerta golpeó con fuerza contra la pared. Dejó sobre su mesa, la carcasa de su móvil con la esperanza de no haber perdido demasiado de los restos en su carrera.

No tenía tiempo de pensar, así que se dirigió a la cocina para hacerse con su equipo de investigación. Lo había escondido todo en una enorme maleta de viaje que guardó en la despensa, en la zona que consideró estaría más oculta. Entre tanta tensión sonó el teléfono otorgándole unos minutos para descansar, pues sentía que su corazón estaba a punto de escapársele del pecho. Ni siquiera tenía fuerzas para saludar.

—¡Davis! ¡Davis! —gritó una voz masculina.
—¿Sí? —respondió la joven.
—¿Estás bien?
—Sí…—logró decir Natalie.
—Jamás pensamos que algo así podría ocurrir; no hubiese permitido que fueras sola —trató de disculparse.

—Lo sé… Meyer.

—Joe está investigando a los sospechosos y Olivia está con las fotos. La matrícula está a nombre de un tal Billy Carlson.

—¡Oh, no! —exclamó Natalie tratando de contener las lágrimas.

—¿Conoces a la víctima?

—Sí… pero no es Billy.

—¿Entonces?

—Su hijo. Denny Carlson. Viajaba para…—un nudo en la garganta la obligó a detenerse —hacerse poli.

—¡Maldito bastardo! ¡Tenemos que pillar a ese asesino! Voy a notificar a las autoridades locales tu identidad. Se acabó el juego, pequeña.

—Está bien —añadió apática Davis.

—¿Has analizado la escena del crimen?

—Ahora iba a regresar —sintió un escalofrío.

—No vayas sola, que el sheriff te acompañe. Llegaré tan pronto como me sea posible. Estamos en contacto.

—Ok.

—¿Natalie?

—¿Sí?

—Por favor, ten cuidado —el jefe exigente, a veces insensible e incluso despiadado había desaparecido por un momento —¡Y no hagas tonterías! —añadió para después colgar.

Calculó que dispondría de entre cinco y doce minutos para prepararse antes de que el sheriff fuese informado; así que cogió una bolsita de plástico donde guardó la arena y la introdujo en un sobre de pruebas, como le habían enseñado. Luego lo guardó dentro del propio maletín.

Buscó su bolsa de deporte cuyo interior se dividía en dos compartimentos: en uno metió su neceser y ropa limpia; en el otro metió su portátil y sus cuadernos de notas, dejando solo lo innecesario. No quería quedarse en esa casa mientras que no llegaran sus compañeros, tenía miedo y no se sentía segura.

Como le sobraba tiempo se metió en la ducha, deshaciéndose de la ropa a su paso; necesitaba que el agua caliente la llenara de calma y sosiego. No se demoró demasiado, presurosa abandonó la ducha para enfundarse en unos vaqueros y una camiseta blanca, se calzó y colocó su pistola en la cintura. Cogió los bártulos y sin detenerse, se dirigió a la calle con la intención de visitar la comisaría; pero el sheriff y su ayudante la esperaban en la puerta. Cooper abandonó el vehículo para saludarla.

—¡Buenos días, agente Davis!
—Buenos días —respondió seria, sin un ápice de entusiasmo mientras colocaba en su cuello la cinta que sujetaba su identificación. Le tendió la mano.

—Parece que es usted la jefa hasta que lleguen los refuerzos —Natalie obvió su comentario cargado de tintes machistas y se centró en lo que importaba.

—¿Hay algún despacho en la comisaría donde pueda instalarme? —la seguridad con la que hablaba obligó a Cooper abandonar su actitud ofensiva.

—Le diré a Eleonor que le acomodé una pequeña sala que tenemos vacía.

—Estupendo. ¡Vamos! Tenemos mucho que hacer —Davis subió al auto y Cooper ocupó su lugar — Abandone el pueblo con calma y sin levantar sospechas. Yo me esconderé aquí detrás con mis cosas. Una vez que llegue al camino de arena ¡acelere!

—Sí, señora —Cooper obedeció mientras Scotty, su ayudante, sonreía entusiasmado pues era la primera vez que se enfrentaban a un caso real.

Cuando llegaron al punto donde Natalie había encontrado las primeras marcas de sangre, le indicó que cruzara hacia la derecha siguiendo el rastro de la furgoneta. En el momento en que finalmente la tuvieron a la vista, Davis pidió que detuviera el auto.

—Desde aquí caminaremos. Tenemos que procurar modificar lo menos posible el escenario. Cuestiónenlo todo, mantengan los ojos bien abiertos y no toquen nada sin usar guantes —la agente le tendió un par a cada uno. Davis se sentía más tranquila, no estaba sola y estaba aplicando a la práctica lo aprendido tras un duro entrenamiento. No sería fácil pero Meyer confiaba en sus aptitudes. Deseó no tener que contarle nada sobre Green.

Natalie se centró en su tarea. Volvió a sacar fotografías del auto, el asiento, las rodadas y las ropas; ahora con su cámara profesional y de alta calidad. Tomó una muestra de sangre y guardó las ropas de la víctima. Mientras, Cooper y Scotty merodeaban a su alrededor sin tener muy claro lo que hacer.

Buscó huellas en las puertas y los pasamanos, y también en las manillas; por suerte, encontró una huella parcial en uno de los laterales. Ahora le quedaba abrir la puerta trasera y temió encontrar en su interior una sorpresa desagradable.

—¡Chicos! —los dos hombres la siguieron —Tal vez dentro haya algo —por la expresión de su rostro los agentes se preocuparon. Davis se agarró a la manilla pero no tuvo éxito. Parecía atascado.

—¡Déjeme a mí! —Cooper cargado de testosterona hizo el intento pero tampoco pudo. Avergonzado arremetió contra Scotty.

—¡Vamos, chico! ¿A qué esperas? Trae algo con lo que abrir esta jodida puerta —Scotty fue pitando al coche para intentarlo con alguna de las herramientas que guardaba en el maletero —¡Estos novatos! — dijo dirigiéndose a Davis buscando complicidad pero ella no estaba dispuesta a ponérselo fácil. Regresó a la parte delantera del auto en busca de las llaves y volvió a intentar abrir, la manilla giró y Cooper palideció.

—¡Scotty rápido! —exclamó con pavor.

—Prepárese para lo peor —aconsejó Davis. La agente abrió la puerta y ante ellos vislumbraron lo que parecía eran restos de un cuerpo humano.

Cooper retrocedió obligando a Scotty a detenerse para evitarle ver aquella carnicería. Davis estaba paralizada. Maldijo a Meyer y su brillante idea de enviarla a Village Street. Sacó su teléfono y lo llamó.

—Meyer al habla.

—Hemos encontrado el cuerpo. Estaba en la parte trasera de la furgoneta pero…

—¿Pero qué?

—No se parece a lo que habíamos visto —Natalie recordó las fotos de los cuerpos encontrados anteriormente y que habían asociado al mismo asesino —Es mucho peor —añadió quebrándosele la voz —¡Oh, Jack!

—Nena, no te preocupes. No estás sola, ya estamos de camino. Haz las fotos, termina de inspeccionar la furgoneta y llama al médico para que se lleve el cadáver.

—Ok, Jack —y colgó.

El doctor Morrison llegó tan pronto como le fue posible.

—Antes de que lo vea quiero que piense la operación más desagradable que haya tenido y la multiplique por 100. Y una cosa más, esto va para los tres: nadie puede saber nada de esto, lo último que queremos es desatar el pánico en el pueblo y alertar al asesino. No confíen en nadie ni siquiera en sus familiares y por supuesto, nos limitaremos a decirle a los Carlson que Denny ha tenido un accidente, solo eso. ¿De acuerdo? —los tres hombres asintieron pero Davis dudaba de su discreción – Les recuerdo que desobedecer a un agente federal e interponerse en una investigación está penado con la cárcel; así que lo repetiré una vez más ¿está todo claro? —los hombres asintieron con efusividad y Natalie se sintió más aliviada.

El doctor Morrison se encargaba del cuerpo mientras Natalie lo vigilaba; Cooper y Scotty esperaban sentados bajo la sombra de uno de los árboles cercanos al coche de policía.

—No la imaginaba como agente del FBI. En el pueblo se ha montado un gran revuelo con la noticia —dijo Morrison.

—¡Estupendo! —Exclamó con ironía —Espero que el asesino no le dé por huir.

—¿Tiene alguna idea de quién puede ser? —quiso saber el médico.

—Aun solo barajamos hipótesis. Este nuevo asesinato nos ayudará a atraparlo.

—¡Mire Davis! —en los restos de uno de los brazos había una especie de trozo de papel incrustado en los tendones. Natalie lo guardó en un sobre de pruebas —El cuerpo está casi irreconocible aunque no ha tocado la cara. Ha arrancado de los huesos de las extremidades parte de la carne pero no la veo por ningún lado e incluso creo que se ha llevado algún órgano interno. Le haré un informe detallado una vez que lo revise en la clínica. ¿Cree que volverá a matar?

—Espero pillarlo antes, doctor Morrison. Por el bien de todos —suspiró, repitiendo de manera casi inaudible – por el bien de todos.

Capítulo VI

Acomodaron el cuerpo de Denny Carlson en los asientos traseros del coche de John Morrison. Natalie lo acompañaría a la clínica para hacer un nuevo análisis. Scotty ayudaría a Eleonor a preparar la habitación para Davis y Cooper se reuniría con el alcalde, pues este insistía en que se vieran. Ocultaron la furgoneta con matorrales, ramas y demás hierbas para que nadie la descubriera e iniciaron el plan.

Al llegar a la calle principal se encontraron con un comité de bienvenida inesperado; muchos lugareños se agolpaban en los alrededores para curiosear.

—¿Hay algún modo de llevar el cuerpo a la clínica sin que lo vean? —quiso saber Davis.

—Se me ocurre una forma pero no sé si le gustará…— Morrison esperaba la aprobación de Davis para continuar.

—¡Lo que sea! —exclamó Natalie con desesperación.

—La dejaré en la clínica, entre y dígale a la señora Martin que tiene autorización y que es un código púrpura.

—¿Púrpura?

—Sí, ella lo entenderá. Luego abra la ventana y espere. Mientras, daré la vuelta y me colaré con el coche por la zona trasera. Le daré el cuerpo por la ventana. ¿Demasiado poco ortodoxo? —preguntó Morrison al ver la cara de perplejidad de la joven.

—¡Vamos allá! —dijo decidida.

Natalie bajó del auto con normalidad, se despidió del doctor con la mano y entró en la clínica sin levantar sospechas ante la atenta mirada de los vecinos. Entró y cerró la puerta. No había ningún paciente esperando y la enfermera leía tranquilamente una revista de cotilleos.

—¡Vamos! Cierre con llave, tengo autorización y es un código púrpura.

La señora Martin abandonó su asiento y echó el cerrojo, colocando el cartel de "Fuera de Servicio".

—¡Sígame! Me será de ayuda para cargar con la bolsa negra —ambas mujeres se colocaron junto a la ventana de la sala de operaciones. Para ser una modesta sala de un alejado pueblo, contaba con material esterilizado y en buen estado. Un armario para el instrumental y una cámara frigorífica para los fallecidos.

Natalie esperaba asomada con impaciencia; junto a ella, la señora Martin la observaba sin entender nada. Cécile Martin había sido la enfermera ayudante del padre de Morrison y a su fallecimiento, John le pidió que siguiera trabajando con él. Rondaba los cincuenta, pero su tersa y desmaquillada piel casi sin arrugas, hacían pensar que era más joven. Llevaba el pelo recogido sujetado con una cofia, medias y vestido blanco; emulando a la enfermera de la famosa fotografía de los 50's "el beso de Time Square".

—¿Qué estamos esperando? —se atrevió a preguntar.

—Al doctor Morrison.

—¿Piensa colarse por la ventana?

—No exactamente. Vamos a colar un cadáver por la ventana.

—Claro… código purpura.

—¿De qué se trata eso de código púrpura? Nunca lo he oído.

—Hay distintos códigos según la situación o el estado del paciente. Pero no hay ninguno para una situación que requiera medidas desesperadas, y créame, en un pueblo como Village Street sin muchas de las comodidades de los hospitales de la ciudad, era necesario un código púrpura.

—¿Pero por qué púrpura?

—Mi abuelo luchó en la II Guerra Mundial y el código púrpura era el código naval cifrado de mensajes de alto nivel, utilizado por los japoneses; nos pareció el más adecuado —Davis la observaba gratamente impresiona. Se sintió algo avergonzada pues se daba cuenta que una vez más infravaloraba a Village Street y su gentes —¡Miré ahí viene el doctor! —anunció la enfermera.

Morrison introdujo a través de la ventana la bolsa negra que contenía el cuerpo. Con la ayuda de la señora Martin, Davis colocó los restos de Denny Carlson sobre la mesa de operaciones. Mientras, el doctor retrocedía sobre sus pasos para colocar el vehículo que, hacía las veces de coche y de ambulancia, en el espacio que estaba reservado para él entre la clínica y la floristería. Martin comenzó a preparar el instrumental para que cuando Morrison llegase estuviera todo listo.

El teléfono de Davis comenzó a sonar al tiempo que alguien aporreaba la puerta principal. Martin acudió con diligencia a abrir a su jefe y Davis se enfrentó al suyo.

—Davis al habla.

—Infórmame de la situación —exigió Meyer.

—Después de nuestra conversación, tomé muestras, fotos y el doctor Morrison levantó el cadáver. En unos minutos procederá a un examen exhaustivo, ya en su clínica. Cuando acabe iremos a visitar a la familia y hablaré con la gente por si alguien ha visto algo que pueda guiarnos hasta el asesino.

—Perfecto. ¿Alguna pista?

—He encontrado una huella parcial y una pequeña lámina incrustada en uno de los tendones. Aun no sé si es celulosa, tendré que observarla con calma.

—¿Y a qué esperas? —replicó Meyer.

—No he parado desde que descubrí las marcas en el camino. ¿Te recuerdo que estoy sola?

—Bueno, bueno… supongo que la próxima vez que hablemos lo tendrás todo controlado —respondió el agente para zanjar la conversación. Davis comenzaba a sentirse furiosa —¿Y la furgoneta? —preguntó Meyer con la intención de cambiar de tema.

—No te preocupes, la escondimos entre matorrales y ramas para que nadie la encontrase.

—Espera… ¿me estás diciendo que has dejado la prueba más importante en medio de la nada…—a medida que hablaba alzaba la voz —para que el asesino o quien sea pueda tener acceso a ella? —Guardó silencio un segundo —¿En qué coño estabas pensando? Es algo básico. No entiendo cómo aprobaste los exámenes de la academia —se dio cuenta que había tratado un tema delicado y se disculpó —Lo siento, no era mi intención. Supongo que me equivoqué en enviarte. Por suerte, pronto

llegaremos y asumiremos el control porque...—
Davis lo interrumpió.

Había estado soportando los gritos a pesar de no
estar de acuerdo en ni una sola de las palabras que
el estúpido de Meyer le estaba dedicando. Tal vez,
la tensión acumulada, la falta de sueño, la ausencia
de café o que le hubiese recordado una parte difícil
de su vida, fueron los detonantes para que estallara
y olvidara el rango de Jack Meyer. Ese Jack Meyer
que había estado colado por ella desde siempre, con
el que había ido a la escuela y jugado los domingos.
Ese Jack Meyer estaba a punto de recordar quien era
Natalie Davis.

—Mira Jack, estoy en un pueblo en medio de la
nada, sin equipo, y estoy haciendo las cosas lo
mejor que puedo. ¿En qué estaba pensando para
dejar la furgoneta en medio del campo? En que el
único mecánico capaz de trasladarla es el padre del
chico asesinado, en que traerla hasta el pueblo haría

que cundiera el pánico y en que no podía conducirla sin limpiar la puta sangre y eso me llevaría dos horas. Porque mientras tú, en tu gran ciudad, tienes a cincuenta hombres para que te hagan el trabajo sucio, aquí solo estoy yo. Y si quieres que hablemos de rapidez, a ver cuándo coño me envías los putos informes que te pedí y dejas de tocarte los cojones. Adiós, tengo que mucho que hacer —Natalie colgó sin esperar ninguna réplica.

Se sentía acalorada y le faltaba la respiración. Desde la puerta, una temerosa Sra. Martin le preguntaba si podían pasar. Ella asintió.

Martin apareció seguida de Morrison y Cooper; los tres evitaban mirarla a los ojos, habían estado oyendo los gritos y se sentían algo violentos.

—¿Qué pasa? —preguntó con brusquedad. Cooper se adelantó y explicó la situación.

—Me han avisado de que Betty ha desaparecido.

—¿Betty? —Natalie volvía a sentirse pequeña y a dejar de ser la persona fuerte y con carácter que hacía unos segundos acababa de mostrar. Necesitaba poner en orden sus ideas y así lo hizo saber – Denme unos minutos. Cooper aguarde en la sala de espera y vosotros comenzad con el cuerpo – Los tres siguieron sus pautas mientras Natalie comenzó a pasearse por la habitación.

Inició su ritual. Cerró los ojos, inspiró y expiró durante unos segundos, y en su mente se configuró la estrategia a seguir.

—¿Doctor? Tengo que visitar a la familia del chico y seguir con la investigación. ¿Me necesita aquí?
—Puede marcharse. La llamaré si encuentro algo.
—Gracias —Davis salió de allí a toda prisa, sobresaltando a Cooper que esperaba sentado mirando el techo.
—Cooper cuéntame todo lo que sepas sobre la desaparición, mientras vamos a visitar a los Carlson.

—¿Qué piensa decirles?

—Que su hijo ha fallecido en un accidente de tráfico y el otro conductor ha huido.

—Querrán ver el cuerpo —recordó Cooper.

—Tiene razón, no había pensado en eso —regresó a la sala de operaciones.

—¿La cara está intacta, verdad?

—Sí, lo más dañado son las extremidades y esta pésima apertura en el torso.

—¿Podría cerrarlo y cubrir de vendas brazos y piernas? — Morrison entrevió la razón de la pregunta.

—Lo prepararé para que los Carlson puedan verlo. La avisaré cuando esté listo.

Davis y Cooper salieron de la clínica en dirección a casa de Denny. A medida que avanzaban, Natalie interrogaba al sheriff.

—¿Desde cuándo lleva Betty desaparecida?

—Su madre dice que se levantó en la madrugada para despedirse de Denny y que ya no la ha vuelto a ver.

—¿A qué hora fue eso?

—Pues dice que serían las 4.30 porque Denny pensaba irse a las 5.00 para llegar a la ciudad temprano para vender la furgoneta.

—Sí, la furgoneta. ¿Por qué quiso llevársela precisamente ese día?

—Para aprovechar el viaje, supongo. Ya sabe que no hay transporte de aquí a la ciudad. O bien alguien lo llevaba o tenía que conducir él, pero si conducía él no había forma de recuperar el vehículo hasta que regresara de la instrucción y Billy solo tiene la camioneta y la grúa —Cooper se detuvo al ver como Davis entrecerraba los ojos —No sé, tal vez sea una estupidez.

—No, Cooper. Tiene sentido, pero hay algo que no me cuadra de esa historia. Espero que los Carlson puedan responder algunas preguntas. Luego nos ocuparemos de Betty –habían llegado a su destino.

Aun no era ni medio día cuando Davis llamó a la puerta de los Carlson. Fue Penny la que abrió la puerta.

—¡Buenos días Cooper! ¡Señorita Davis! —saludó la mujer.

—Penny, ¿y Billy? —preguntó Cooper.

—Está en el taller, ¿por qué?

—Llámalo, nos gustaría hablaros de una cosa —explicó el sheriff.

—¿De qué? —Penny comenzó a alarmarse —¿Le ha pasado algo a mi Denny?

—Señora Carlson, ¿podemos pasar? —sugirió Davis. Penny los hizo pasar y les pidió que esperaran en el salón mientras se perdía por la cocina, para entrar al taller por la puerta que los comunicaba. Cooper hizo el intento de sentarse.

—¡Ni se te ocurra! No estamos de visita —le recordó Natalie. Cooper se quedó junto a ella imitándola.

En seguida, el matrimonio se unió a ellos.

—¿Qué sucede Henry? —quiso saber Billy.

—Señor y señora Carlson, por favor, siéntense —pidió la agente, pero la pareja no estaba dispuesta a obedecer.

—¿Qué ocurre Henry? —insistió Billy. Davis retomó la palabra.

—Señores Carlson, lamento comunicarles que aproximadamente a las cinco de la mañana, su hijo Denny Carlson falleció en un accidente de tráfico —Penny gritaba y lloraba, Billy trataba de consolarla al tiempo que gemía. Aunque ya no la oían, Davis terminó su discurso —El otro conductor se dio a la fuga pero haremos lo posible por encontrar y castigar al culpable —la pareja rota de dolor se abrazaba y lloraba. Natalie creyó conveniente dejarlos solos.

—Diles que el doctor Morrison está haciendo la autopsia y cuando acabe podrán despedirse —le susurró a Cooper; él asintió y ella salió a sentarse en los escalones del porche.

Dejó el maletín de pruebas a su lado y comenzó a gesticular con la mano pues la tenía adormecida de cargar con él. Sacó una libretita del interior de su chaqueta e hizo algunas anotaciones. Luego miró su reloj y comprobó la hora. Sólo eran las 10:15 de la mañana y ya tenía dos casos de los que ocuparse. Sería un día largo, muy largo.

Pasado un rato, Henry salió a hacerle compañía; sentándose junto a ella.

—Me han dicho que les des diez minutos para tranquilizarse y que luego entres. Hay algo que creo que deberías saber.

—¿Sobre qué?

—Creo que tenías razón con el tema de la furgoneta

—A Natalie comenzaron a brillarle los ojos, al fin una buena noticia. Su teléfono comenzó a sonar.

—Davis al habla.

—Soy Morrison.

—¿Ya ha terminado?

—No, pero le dije que le avisaría si descubría algo.

—¿Y bien?

—He encontrado un botón en el interior de la víctima, puede que sea del propio Denny o puede que sea del asesino.

—Luego comprobaré la ropa del chico para asegurarnos. ¿Algo más?

—El corte era profundo; desgarró yugular, tendones y arterias. Lo que revela que el asesino se acercó mucho a la víctima. Un corte así provoca que la sangre salga con mucha fuerza y rapidez, por eso las salpicaduras en los asientos. Y otra cosa, ¿recuerda que le dije que creía que se había llevado algún órgano? Pues estaba en lo cierto. Falta el hígado.

—Ha cambiado su pauta; nunca había actuado antes así —dijo en voz alta Natalie más para ella que para el doctor.

—¿Me está diciendo que estamos ante un asesino en serie? —preguntó alarmado Morrison.

—Tengo que dejarle. ¿Cuánto cree que tardará? —Davis no tenía tiempo para explicaciones.

—Deme media hora.

—De acuerdo —Davis colgó.

Billy la esperaba en el umbral, parecía envejecido. Natalie regresó al salón en el que había tenido que darles la mala noticia. Billy les pidió que se sentara. Cooper miró a Davis pidiendo aprobación, ella asintió y ambos se sentaron.

—Cooper dice que hay algo que quieren contarme.

—Bueno…—Billy sostenía las manos de su mujer entre las suyas —Cooper pensó que sería importante para encontrar al culpable.

—Al parecer, Billy iba a ser quien llevara a Denny a la ciudad. Cuéntale, Billy —Cooper trató de alentarlo.

—Habíamos planeado llevarlo en mi camioneta. Desayunaríamos juntos, lo dejaríamos en la academia y pasaríamos el día en la ciudad. Penny quería comprar telas y otras cosas —La mujer escuchaba como ausente y sin dejar de mirarse sus zapatos.

—¿Y qué les hizo cambiar de opinión?

—Green le dijo a Denny…—Natalie lo interrumpió.

—¿Robert Green?

—Sí.

—¿El dueño de la tienda de antigüedades?

—Sí, en el pueblo no hay otro Robert Green — Davis se daba cuenta que haber intimado tanto con él, podría traerle problemas.

—Continúe, por favor. Solo quería dejar claro este punto.

—Él le dijo que había un hombre interesado en una vieja furgoneta. Este tipo se dedicaba a restaurarlos y revenderlos. Green y Denny llegaron a un acuerdo; si Denny le prometía un porcentaje, él le daría los datos del comprador. Aunque no sé exactamente cuáles eran las condiciones.

—No creo que le dieran mucho por esa tartana, ¿les merecía la pena?

—Green obtenía algo de dinero, compensando así no haber podido ir a hacer sus negocios. Para Denny pues… supongo que le era más fácil así despedirse de nosotros y de Betty.

—¿Sabría decirnos el nombre del comprador o dónde pensaban encontrarse?

—Lo siento, no tengo idea; pero seguro que el señor Green puede decírselo.

—¿Alguna otra cosa más?- Billy negó con la cabeza

—Pues en cuanto sea posible les avisaremos para que vayan a la clínica.

—Yo mismo vendré para acompañaros —añadió Cooper.

Finalmente, se despidieron y salieron a la calle.

—¿Quiere que vayamos a ver a Green? —Preguntó Cooper, pero las tripas de Davis contestaron por ella—¿Qué le parece si la invito a desayunar antes de continuar?

—Creo que ambos necesitamos un descanso – confesó Natalie.

Entraron en la cafetería, Davis le cedió su maletín a Cooper haciéndole prometer que no lo perdería de vista. Tras un día tan duro como aquel, necesitaba un lavabo para refrescarse. Abrió la puerta del baño y alguien la empujó, haciéndola entrar a la fuerza y cerrando la puerta tras ellos. Era Green.

—¡Robert! ¿Qué haces? ¿Y si nos pillan?

—No te preocupes. Ni siquiera se han dado cuenta de que he entrado –dijo tratando de tranquilizarla mientras la besaba —Tenemos que hablar de muchas cosas —añadió observando la identificación de Davis —Ven esta noche a cenar a casa.

—Tengo mucho trabajo con el accidente de Denny y la desaparición de Betty.

—Lo sé, pero tendrás que hacer un descanso para cenar ¿no? —Green comenzó a acariciarle y besarle el cuello, jugando con su pelo y abrazándola. Una vez más, el teléfono de Davis.

—Es mi jefe… ¡para! Tengo que contestar —suplicó a regañadientes. Green le quitó el aparato de la mano y lo tiró al retrete. Natalie no pareció sentirse disgustada y se dejó llevar.

Robert desabrochó su pantalón y le dedicó una mirada de complicidad; ambos se dejaron llevar por el deseo hasta estar saciados.

—Te espero esta noche —dijo besándola a modo de despedida. Natalie trató de colocarle la camisa que permanecía torcida.

—Robert esto no está bien —señaló seria y aturdida. Volvió a besarla sin darle importancia a su comentario.

—Espera un poco antes de salir —dijo poniendo fin a su encuentro; salió del baño dejando a Davis preocupada.

Sentía que aquella situación se le estaba yendo de las manos y no sabía cómo recuperar el rumbo de la situación; tenía mucho de lo que ocuparse, aquello no eran unas vacaciones. Se apoyó en el lavabo y se contempló en el espejo. No tenía buen aspecto. Abrió el grifo y trató que el agua fría hiciera un milagro. Se recompuso, recuperó su móvil del agua y regresó con Cooper. Green no estaba por ningún sitio.

—Oye, Henry, ¿has visto a Green? Me pareció verlo entrar en el baño.

—Sí, le he dicho que necesitábamos los datos del comprador de la furgoneta pero no los recuerda. Ha prometido buscarlo entre sus notas. ¿Te ha llamado Morrison? —Davis le mostró el teléfono.

—He tenido un pequeño contratiempo. Por suerte, tengo uno de repuesto en mi maletín.

—Será mejor que tomemos algo rápido y vayamos a la clínica —Natalie asintió. A medida que pasaba más tiempo con ese tipo descubría que no era el baboso y descerebrado que conoció en casa del alcalde. Cómo se había complicado todo en tan solo 24 horas.

Capítulo VII

Meyer viajaba con su equipo, Olivia Estévez, Brandon O'Neill, Jessica Harris y Joe Marlon, en el avión privado de la agencia. Tras la agitada conversación con Davis, apenas había vuelto abrir la boca; su mente había retrocedido tiempo atrás. Conocía a Natalie desde que eran niños, habían jugado juntos, ido al mismo instituto y entrado en la academia el mismo año; hasta entonces habían sido inseparables, pero una vez en la academia, todo cambió. Él estaba en buenas condiciones físicas, sacaba las mejores notas y, aunque el entrenamiento era duro, Jack se desenvolvía con facilidad y pronto destacó.

Natalie tuvo mayores dificultades. Su mala memoria y su aberración al deporte, la llevaron a sacar notas que rozaron la expulsión. Meyer comenzó a distanciarse, pues sus carreras parecían tomar rumbos diferentes; incluso pensó que ella no superaría el entrenamiento.

Unos días antes de la prueba final, Davis no acudió a las prácticas en el laboratorio. Todos, incluido él, pensaron que la presión la había llevado a renunciar; nada más alejado de la realidad. Mientras sus compañeros trabajaban con el microscopio, Natalie se debatía entre la vida y la muerte.

Aquella madrugada, a unas horas de empezar las clases, los nervios por los últimos exámenes y la fuerte presión a la que estaba sometida, no la dejaban conciliar el sueño; así que decidió salir a correr para que el cansancio la obligara a desconectar. Algo sedienta, tras la caminata, decidió comprar algo en la única tienda abierta; la de una gasolinera.

Dentro, una embarazada obligaba a su marido a comprarle algunas golosinas para saciar sus antojos. En la sección de revistas, un tipo de edad madura y algo rechoncho, discutía consigo mismo en si llevarse la revista con la rubia pechugona o la de la morena ligerita de ropa. Entretanto, el tendero gritaba a la pequeña pantalla de su televisión la repuesta correcta al concursante del programa de turno, compaginándolo con observar las imágenes del monitor contiguo que recibía a través de la cámara de seguridad.

Natalie se paseaba por los pasillos más como entretenimiento que por interés; andaba lentamente recreándose en cada producto, leyendo cada etiqueta, con la intención de vaciar su mente de pensamientos negativos.

De repente, unos tipos irrumpieron en el modesto local; empuñando una escopeta de doble cañón, el que parecía más violento, y el más bajito un revólver. Uno se dedicó a apuntar al tendero para que le diera el dinero de la caja; el otro, obligó a los clientes a que se dirigieran a la parte trasera de la tienda y se sentaran en el suelo. Natalie obedecía, algo rezagada del grupo, convirtiéndose en una observadora improvisada de lo que ocurría. La mujer embarazada entre llantos, suplicó que la dejara quedarse de pie pues en su avanzado estado le costaba sentarse.

—¿Crees que me importa? —Gritó el ladrón —¡He dicho que te sientes! —dijo apuntándole con la escopeta.

—Dame la mano, Marta, yo te ayudaré —su marido trataba de calmarla pero la mujer no dejaba de llorar. El tipo empujó al hombre haciéndolo caer al suelo, golpeándose éste con una de las estanterías y haciéndose una brecha en la frente. El armado volvió a exigirle a la mujer que sentara. El hombre rechoncho intervino.

—Tranquilícese, ¿no ve que está embarazada? —Natalie aprovechó para agarrar una lata de guisantes de la estantería. El tipo, cada vez más nervioso, comenzó a gritar fuera de sí.

—¿Pero qué coño os creéis? ¿Qué estoy de broma? —acto seguido le disparó en la pierna al entrometido.

La embarazada gritó y Natalie aprovechó la confusión para lanzarle la lata a la cabeza con todas sus fuerzas, propinándole un golpe que casi le hizo perder el conocimiento. Davis trató de hacerse con la escopeta pero, entre tanto, el tipo del revólver había acudido a auxiliar a su compañero y en cuanto estuvo cerca de ella, le disparó varias veces en el pecho. Natalie se desplomó de espaldas, desangrándose y sin poder moverse, oyendo como la pareja de rateros querían abusar de la otra mujer.

—Oye Johnny, ¿te has tirado alguna vez a una embarazada? —preguntó el de la escopeta.
—Nunca, James, y esta parece que necesita que le cierren ya esa boca —respondió el del revólver. De un puñetazo redujeron al marido.

—¿Qué has hecho con el tendero? —quiso saber James.

—¡Era un listo! – dijo haciendo referencia al intento frustrado del dueño de la tienda de avisar a la policía —No nos molestará —y con esa afirmación, ambos hombres iniciaron su particular *ménage à troi.*

Natalie oía los gritos y las obscenidades que los hombres le gritaban a la pobre embarazada; sus lágrimas comenzaron a confundirse en el suelo con su propia sangre. Sin poder moverse y casi sin respirar, Davis reunió todas las fuerzas que pudo para mover el brazo y hacerse con el móvil de su sudadera. Sin sacar la mano del bolsillo, tecleó a tientas el número de emergencias. Los gritos de Marta, alertaron a las autoridades que registraron la llamada y acudieron al lugar de los hechos; demasiado tarde para interrumpir a los violadores pero no para meterlos en prisión.

Cuando recibieron la noticia, estaban en clase, analizando unas muestras de fibra en el laboratorio. El subdirector había entrado en el aula, bastante serio, sin saludar a los alumnos y sin pedir permiso. Se dirigió al instructor y le susurró lo ocurrido. Jack los observaba preocupado, sabía que algo malo había sucedido pero no conseguía oír las palabras. El instructor palideció.

—¡Jack Meyer! —avisó el subdirector.
—¡Sí, señor! —respondió él firme, manteniendo la calma aunque interiormente confundido.
—Recoja sus cosas y acompáñeme.

Todos sus compañeros lo miraban intrigados, algunos con envidia y otros con alivio. Él obedeció y con paso marcial, siguió al subdirector Camps. Este no se anduvo con rodeos y tras cerrar la puerta del laboratorio, le comunicó el incidente.

—Natalie Davis ha sido abatida en una gasolinera cercana. Al parecer, les une una amistad.

—Así es, señor —Jack a penas conseguía hilar las palabras.

—Aquí tiene la dirección del hospital y el número de habitación. Tómese el día libre y no se preocupe que no repercutirá en su evaluación. Estamos seguros de que usted será pronto uno de los nuestros.

—Gracias, señor. ¿Puedo retirarme?

—¡Claro! ¡Váyase! —insistió Camps.

Meyer sin pensarlo salió corriendo a toda prisa, angustiado y ansioso por saber el estado de Natalie. Había sido tan estúpido con ella durante los últimos meses; no podía imaginar perderla, la quería, aunque ella no lo supiera. Se pasó todo el día junto a la cama de Davis, hasta que esta despertó de la operación. Y, a pesar de desear confesarse, optó por evitar el tema y limitarse a ser su amigo.

Todo lo ocurrido obligó a retrasar la graduación de Natalie, casi dos años; y cuando por fin lo consiguió, Meyer ya dirigía un pequeño grupo de investigación, al que no pudo evitar incluirla. Quizás su amor por ella, lo había cegado y lo había llevado a enviar a una novata a viajar de incógnito a Village Street.

Las coincidencias de varios asesinatos y la prueba encontrada en el último cadáver, indicaban que en aquel pueblo se escondía un carnicero sangriento. Meyer sujetaba en su mano la bolsa de pruebas que contenía restos de tierra cuyos componentes eran autóctonos de la zona de Village Street. Jamás pensó que Natalie tuviera que enfrentarse a un asesinato sola.

—¡Jefe! —Interrumpió Olivia —Tenemos los informes que la agente Davis nos pidió.
—¿Y bien?
—Melvin ha sido detenido en varias ocasiones por escándalo público. Smith no tiene cargos, además no coinciden las fechas en las que viajó con ninguno

de los asesinatos. Y Morrison fue denunciado por investigar con humanos, algo muy feo y sucio.

—¿No eran cuatro? ¿Cómo se llamaba el otro?

—Robert Green, señor.

—¿Qué pasa con ese?

—No hay nada.

—¿Está limpio?

—No exactamente. No hay nada de Robert Green en la base de datos, es como si no existiera.

—Necesitamos una foto de ese tipo para cotejarlo con la base de datos.

—Pero señor ya hemos comprobado y no hay ningún Robert Green que cumpla con los requisitos de búsqueda.

—Exacto, ningún Robert Green —Olivia al fin había comprendido a lo que se refería Meyer — envíe los informes a Davis y pásemelos, quiero leerlos. Voy a llamarla.

Jack telefoneó pero Natalie no respondía, se cortó la llamada. Jack volvió a intentarlo y esta vez saltó el buzón de voz.

—Natalie, ponte en contacto conmigo cuanto antes. Smith está descartado pero no te fíes de los otros tres, sobretodo de Green. Olivia te envía los informes que pediste. Por favor, llámame.

Le disgustaba no haber contactado con ella, con un asesino en serie cerca, Davis no estaba segura. Debían llegar cuanto antes, solo esperaba que la joven mantuviera la distancia con los sospechosos. Mientras, en un baño público, Natalie y Green se dejaban llevar por la pasión.

Capítulo VIII

Davis y Cooper hablaban en la calle, parados en la puerta de la cafetería; ya habían desayunado y parecían más animados para continuar con el duro día.

—Mientras estabas en el baño he preguntado sobre Betty pero nadie la vio desde que ayer salió de trabajar. Están pensando organizar un grupo de búsqueda.

—Deberían esperar a que hiciéramos algunas averiguaciones o al menos que nos deshiciéramos de la furgoneta de los Carlson.

—Le diré a Scotty que se encargue de limpiarla y de llevarla al garaje de la comisaría —sugirió Carlson. Natalie abrió su maletín y buscó el móvil de sustitución.

—¡Maldita sea! apenas tiene batería...—las llamadas perdidas de Morrison y Meyer se sucedían en el teléfono —Morrison me ha estado llamando, será mejor que vayamos cuanto antes pero...— Davis había visto que Melvin estaba sentado en los escalones de acceso a la oficina de correos, fumando un cigarrillo. Davis decidió acercarse para hablar con él —quiero hacerle unas preguntas a Melvin. Adelántate tú y ahora nos reunimos en la clínica.

—¿Me llevo el maletín? —Natalie lo miró vacilante

— Prometo no apartarme de él – la joven accedió y cada uno siguió con su camino.

Melvin parecía distraído, mirando hacia el vacío y rascándose la nariz tras dar cada calada a su cigarro.

—¡Buenas días, señor Melvin! —saludó Natalie.
—¡Buenos días, señorita Davis! ¿O tengo que llamarla agente? Usted puede llamarme Willy —la agente no contestó — Necesitaba un descanso, he

madrugado demasiado y hoy será un día largo —
explicó mientras daba una nueva calada.

—Me gustaría saber si vio u oyó algo esta mañana
que pueda ayudarnos a saber dónde está Betty o si
vio a alguien sospechoso cuando Denny Carlson se
marchó.

—Vi a Denny marcharse y a Betty llorando en una
esquina. Luego seguí trabajando hasta que la vi a
usted corriendo de un lado para otro, eso sí me
pareció sospechoso —Natalie tuvo que contener la
risa al imaginar la escena vista desde fuera. Por
primera vez advirtió que Melvin hablaba carente de
emociones, de forma distante y rígida.

—¿Vio alguna otra cosa? ¿Algún otro vecino?
Aunque le parezca normal.

—Pues cuando usted corría hacia las afueras, vi al
doctor Morrison consolando a Betty; se dirigieron
juntos a la clínica. Supongo que para darle algún
tranquilizante a la chica, estaba fuera de sí.

—¿Sabría decirme a qué hora los vio?

—Déjeme pensar… yo llegué a las 5 que fue cuando Denny se marchó. Pues creo que una hora más tarde usted salía de casa y poco después fue cuando los vi a ellos. Ya vino usted a la media hora corriendo con algo en la mano. Lo próximo que vi fue el coche del sheriff.

—¿Normalmente madruga tanto?

—No, por suerte, es una excepción. Me he ofrecido como encargado de las invitaciones de boda de la señorita Gordon.

—¿La señorita Gordon?

—Sí, la sobrina del alcalde. Se casa con el doctor Morrison —Natalie lo miraba sorprendida pero decidió no decir nada al respecto.

—¿Cómo es que pudo ver todo si estaba tan ocupado? No me malinterprete.

—Tengo buena vista desde mi mesa de trabajo. Además para mi ensobrar es algo mecánico, es parte de mi don —Davis le pareció un extraño comentario y quiso saber más.

—¿A qué se refiere?

—Cuando era pequeño me diagnosticaron que sufría el síndrome de Asperger, se me dan bien las cosas manuales y mecánicas; esas son las cosas buenas. Lo malo es que no me gusta relacionarme con los demás ni si quiera soporto el contacto físico ni mucho menos los grupos numerosos. Disfruto de la soledad y así soy feliz. Esa es una de las razones que me viniera aquí, ¿sabe usted? —la joven permanecía sonriente y en silencio, dejando al hombre hablar —Desde pequeño he sentido una pasión por el sistema de correos y todo lo que conlleva. Cuando era un crío mi distracción favorita era pegar sellos en sobres y repartirlos por los buzones de los vecinos. Así que cuando tuve oportunidad para cubrir una plaza como funcionario no lo dudé, pero claro, en cualquier ciudad hay demasiada gente por todos sitios; demasiada de la que puedo soportar. Por suerte, encontré este sitio tan perfecto para mí.

—Conocí a alguien como usted. Él era un…— decidió evitar la palabra "obsesionado" - apasionado de la aspiradora. Así que sus padres optaron por montar una empresa de limpieza. Su único interés era usar la aspiradora, apenas hablaba y recuerdo que en una ocasión se puso violento con una de las vecinas porque trató de ayudarlo. ¿Alguna vez le ha pasado? —la expresión de su cara se contrajo.

—Hace tiempo… fue algo desagradable. Si no tiene más preguntas, tengo que volver al trabajo – Melvin estaba deseoso por desaparecer; estaba claro que la pregunta había tocado la herida.

—De momento, no tengo más preguntas. Hasta luego, Willy —Davis se dio media vuelta para reunirse con Morrison y Cooper.

A unos pocos metros de la clínica, se percató de que un grupo de lugareños, agitados y nerviosos, se agolpaban en la entrada. Natalie decidió que sería mejor evitarlos hasta saber qué es lo que ocurría.

Llamó a Morrison, dijo la clave secreta "código púrpura" y giró a la izquierda para rodear la floristería y llegar a la ventana de la sala de operaciones. Morrison la ayudó a entrar por la puerta improvisada.

—Siento haberlo utilizado pero…

—El grupo de la entrada, ¿no es cierto? —Natalie asintió —Están nerviosos por lo ocurrido con Denny y por la desaparición de Betty, temen que el que mató al chico se la haya llevado. Cooper quiere proponerle hacer una asamblea en el Ayuntamiento para calmar los ánimos —Natalie miró la mesa de operaciones y estaba vacía.

—¿Y el cuerpo?

—En la cámara frigorífica. Aquí tiene la prueba que encontré —le dio un sobre que contenía el botón que esperaban fuera del asesino y la lámina encontrada en el cuerpo. Davis lo guardó en su bolsillo y siguió con la conversación.

—¿Ya lo han visto los padres?

—Sí, están con la señora Martin en mi consulta. Penny se ha desmayado y hemos decidido que descansara un poco —para evitar la pregunta que seguía, Morrison añadió —Cooper está en la sala de espera, será mejor que vayamos.

—Un segundo, me gustaría hacerle una pregunta.

—Dígame usted.

—¿Anoche estuvo con Betty?

—Sí, sé que debería habérselo contado pero no encontré el momento con todo el asunto de Denny. Anoche no podía dormir y salí a dar un paseo, me encontré a Betty sentada en la acera de la panadería.

—Justo en frente de la casa de los Carlson.

—Sí. Había ido a despedirse de Denny pero en el último minuto se acobardó. Estaba llorando como una histérica. Me ofrecí a darle unos calmantes para que pudiera dormir. Después de eso, no sé lo que haría.

—¿No la acompañó a casa?

—No lo vi necesario. Estuvimos hablando y cuando salió de aquí estaba más calmada. Le di un frasco de somníferos para que pudiera conciliar el sueño.

—¿A qué hora?

—Pues… un poco antes de que usted me llamara… a las 7.

—Lleva 4 horas desaparecida. Me pregunto dónde se habrá metido. Creo que tendré que ir a hablar con los padres. Vamos, tenemos que solucionar antes el jaleo de ahí fuera.

Cuando llegaron a la sala de espera, Cooper dormitaba mirando hacía el techo y usando el maletín de pruebas como reposapiés. Se sobresaltó al verlos.

—¿Cómo has entrado? Llevo esperándote aquí un buen rato.

—Eso no importa. ¿Y los Carlson?

—Siguen ahí dentro —dijo señalando la consulta con la barbilla.

—Son las 11:45. ¿Crees que podríamos organizar la asamblea para la 13:00 o sería muy precipitado?

—El alcalde está informado y cuanto antes lo hagamos mejor —respondió Cooper, concediéndole a Davis unos segundos para que pensara.

—¿Scotty podría ocuparse de la furgoneta mientras estamos en la reunión?

—Por supuesto, ese chico seguro que está dormitando en la oficina, ya es hora de que se ponga las pilas.

—¿Se ve la comisaría desde la sala de reuniones? —quiso saber Davis. Cooper no entendió la pregunta. El doctor respondió por él.

—La comisaría está en la zona derecha y la sala está situada en el ala oeste. Scotty podrá trabajar sin llamar la atención.

—Perfecto —guardó las pruebas en el maletín y ordenó al sheriff —Abre y hablemos con esa gente.

Cooper giró el pomo y un grupo de vecinos, entre los que se encontraba Robert Green, entró a trompicones. El sheriff tuvo que obligarlos a guardar silencio para que la agente Davis pudiera hablar.

—Sé que tras los últimos acontecimientos están confundidos y asustados. Estamos trabajando para encontrar tanto al culpable de la muerte de Denny Carlson como averiguar dónde está Betty Walker. A la una de la tarde nos reuniremos en la sala del Ayuntamiento para trazar un plan de búsqueda. Además, agradeceríamos que si tuvieran alguna información o hubiesen visto algo entre las 5 y las 8 de la mañana que les llame la atención o consideren que puede ayudarnos, por favor, háganselo saber al sheriff Cooper o a mí. Los veré a todos en la sala de reuniones.

Cooper no les dio oportunidad de replicar, inmediatamente, comenzó a desalojar la clínica. Davis aprovechó para hablar con Green.

—¿También estás preocupado?

—No es agradable amanecer con dos pérdidas y no saber qué es lo que está sucediendo.

—Créeme, a mí también me gustaría saberlo.

—Sigue en pie la cena de hoy. Hasta luego —no pudo despedirse de él pues la madre de Betty quería hablar con ella.

Cooper se afanaba en echar a todos de la sala mientras Davis le pedía a la señora Walker que se sentara para hablar; pero algo alarmó a la agente.

—¿Y el maletín? —preguntó con histeria.

Cooper palideció. Morrison negó con la cabeza y la pobre señora dirigió la mirada de un rostro a otro sin entender nada. Davis salió a la calle, mirando hacia todos lados tratando de ver quien pudiera habérselo llevado. Cooper la había seguido.

—Davis, te prometo que no me he separado de él.

—¡Maldita sea! ¡Maldita sea! —Repetía con rabia Natalie —no puedo creer que esto me esté pasando a mí. Me despedirán, tendré que soportar a ese estúpido de Meyer decirme eso de "ya te lo dije" ¡Oh, dios mío! ¡Odio mi vida! —Natalie trataba de contener las ganas de llorar.

—La señora Walker te está esperando —recordó tímidamente Henry. Natalie puso en práctica su ritual para recuperar la compostura y seguir con el trabajo.

—De lo que podemos estar seguros es de que el asesino está aquí.

Capítulo IX

Jack Meyer revisaba su móvil a cada pocos minutos a la espera de alguna noticia de Natalie.

—¡Olivia! ¿Se sabe algo de la agente Davis?

—No, señor, aún no sabemos nada.

Meyer frunció el ceño y siguió con el informe sobre William Melvin.

"A la edad de 5 años le diagnosticaron que sufría Asperger, un trastorno del espectro autista. Se caracteriza por falta de empatía y poca sensibilidad hacia los demás; relaciones sociales muy limitadas; un excéntrico cuya vida se caracteriza por una rutina rígida, sistemática; lenguaje formal, pomposo o pedante, con dificultades para captar un significado que no sea literal; falta de comunicación no verbal, impasividad, evita mirar a los ojos del interlocutor; habla con una voz extraña, monótona o de volumen no usual; falta de conocimiento de los límites y de las normas sociales; rutinas y rituales muy poco usuales que no soportan el menor cambio pues esto genera inmediatamente una ansiedad insoportable. Cualquier desarrollo de un interés, a diferencia del resto de la población, se disfruta exclusivamente en soledad." —Meyer hizo una parada en su lectura.

—Olivia ¿has leído el informe de William Melvin? —quiso saber su opinión. La agente Olivia Estévez cuidaba su aspecto hasta el último detalle. Maquillaje impecable, peinado realizado con esmero, ropa de alta costura… nadie pensaría que con su físico, tuviera un coeficiente intelectual superior a la media.

—A los 16 años fue fichado por agresión por partirle la nariz a una chica, a los 21 por partirle el brazo a un tipo y a los 28 fue detenido por homicidio involuntario. Teniendo en cuenta su trastorno y las circunstancias, yo no creo que nada fuera intencionado pero no soporta que invadan su espacio y cuando alguien supera sus límites de confort, se vuelve agresivo.

—¿Crees que podría ser nuestro tipo?

—Buscamos a alguien que mantiene la mente fría y que es minucioso. Melvin mataría por impulsos pero no lo encasillaría en el perfil de un asesino que mutila.

—Gracias, Olivia, puedes volver con el resto – Olivia regresó a su asiento junto a Jessica y Meyer regresó al informe.

"Melvin fue al cine con un grupo de chicos de su barrio. Su madre había insistido en que fuera con ellos, en su afán de que su hijo se integrara con el resto. Melvin parecía distante y mantenía las distancias con el grupo mientras esperaban en la cola para comprar las entradas. Tina sintió lástima de William y se acercó a él para darle conversación, la chica colocó su brazo alrededor del cuello de Melvin con la intención de acercarlo a los demás.

William intentó deshacerse de ella con tan mala suerte de que en un movimiento brusco golpeó con su codo la nariz de Tina. Los padres de la niña lo denunciaron en comisaría. Le obligaron a pagar una multa y lo dejaron volver a casa" —Jack comenzó a saltarse las páginas hasta el siguiente incidente.

"William salía de la biblioteca cuando un grupo se acercó a meterse con él. Le increparon e insultaron pero a él no le importó. Únicamente mostró disconformidad cuando comenzaron a darle toques en la cabeza, aun así, aguantó sin hacer nada. Hasta que poco a poco la furia fue aumentando y agarró a un chico con tanta fuerza que le rompió el brazo" — Meyer se daba cuenta de que las agresiones siempre eran en defensa de su espacio.

"Paseaba por la ciudad perdido, era tarde y por error había llegado a una zona donde varias prostitutas trataban de hacer negocio. Una de las chicas se le echó encima enseñándole los pechos. Él quiso evitarlo pero ella insistió poniendo su mano sobre su pene. Melvin enloqueció. De un empujó la hizo caer al suelo, se subió sobre ella y desató su ira golpeando la cabeza de esta varias veces sobre el asfalto. Condenado a dos años de prisión" —el agente fruncía el ceño. La agresividad de William Melvin iba en aumento. Solo esperaba que Natalie no fuera la chispa que iniciara un nuevo incidente.

Sonó el teléfono. Por fin, la agente Davis respondía a sus llamadas.

—Davis nos tenías preocupados. Respecto a lo de antes…—Meyer quería disculparse pero Natalie no le dio oportunidad.
—No hay tiempo para eso —expresó tajante —Jack, hemos encontrado a la chica.

Capítulo X

La sala de reuniones estaba completamente llena. Le recordaba al gimnasio de su antigua escuela; por el suelo de madera y las paredes color crema. Davis y Cooper esperaban sobre el escenario a que la gente guardase silencio. La madre de Betty los observaba con resignación; tras la conversación que habían tenido en la clínica, Natalie había conseguido tranquilizarla. Cooper pidió silencio y Natalie comenzó a hablar.

—Buenas tardes a todos. Sé que tras los últimos acontecimientos y la ausencia de respuestas, estáis bastante preocupados. Como he dicho en la clínica del doctor Morrison —Davis lo buscó en la sala pero sin éxito, en su lugar descubrió a Green escuchándola desde la tercera fila; se sonrojó — estamos trabajando para encontrar al responsable del fallecimiento de Denny Carlson; tan pronto tengamos alguna noticia informaremos a la familia. Respecto a la desaparición de Betty, barajamos algunas hipótesis que preferimos no desvelar hasta confirmar nuestras sospechas —La madre de Betty asintió. Ella misma había sugerido la posibilidad de que su hija se hubiese escapado a la ciudad para encontrarse con Denny, ignorando la trágica noticia —A petición de muchos...—Natalie interrumpió su discurso. Morrison asomaba la cabeza tras la puerta haciéndole indicaciones para que se reuniera con él —El sheriff Cooper les informará sobre los grupos de búsqueda y tomará nota de los voluntarios. Si me disculpan...—Davis bajó de un saltó a la platea para encontrarse con Morrison.

El doctor Morrison cerró la puerta de la sala, la agarró de la mano y la arrastró mientras salían corriendo del edificio sin darle ninguna explicación. Llegaron al auto y la obligó a subir, dentro la informó.

—Scotty ha encontrado a la chica —anunció mientras ponía en marcha el vehículo.

—¿Cómo? ¿Dónde? ¡Vamos, aceleré! —el doctor obedeció.

—La encontró en la parte trasera de la furgoneta de los Carlson. Al parecer está herida y a penas respira.

—¿Está muerta?

—No lo sabré hasta que no la vea, Scotty no ha tenido el valor para examinarla.

—Tal vez, descubrió al asesino y esté quiso cerrarle la boca. ¿Pero cómo se atrevería a volver al lugar del crimen? — Morrison especuló con lo sucedido pero Natalie ya no lo oía, hablaba en voz alta con ella misma —¿Creería que no volveríamos por ella? ¿Pensó que no la habíamos encontrado? Debió encontrarla cuando salió de la consulta pero ¿qué vería? ¿Estaría lleno de sangre? Estuvimos toda la mañana yendo y viniendo, nos habríamos cruzado con alguien pero yo no vi a nadie. Piensa, piensa… no, no nos cruzamos con nadie. Ojalá no esté muerta, por ella y por nosotros. Podría ser de gran ayuda si nos contara lo que vio.

—¿Señorita Davis? —habían llegado. Morrison le abría la puerta para que saliera.

Scotty se paseaba, haciendo guardia frente la puerta trasera de la furgoneta, gimoteando y murmurando. Había llegado al lugar como le había encargado el sheriff con la grúa que le habían prestado en el aserradero. Todo parecía estar como lo había dejado pero al comprobarlo, dando una vuelta alrededor, advirtió que la puerta trasera no estaba cerrada del todo; era casi inapreciable y él mismo no se hubiese percatado de no ser porque se había esmerado para impresionar a Davis. Abrió la puerta con cuidado, encontrándose un bulto tumbado sobre los restos de sangre de Denny Carlson. Subió, sin pensarlo, para ver el rostro de la joven; era la pequeña Betty. Yacía con los ojos cerrados, sin apenas respirar, y con una pierna herida; parecía que un animal salvaje le había arrancado la carne de un mordisco. Scotty no tuvo valor para socorrerla, regresó sobre sus pasos, cerró la puerta y llamó de inmediato al doctor Morrison.

—Scotty, ¿te encuentras bien? —preguntó Davis mientras Morrison acudía de inmediato a comprobar el estado de la nueva víctima.

—Betty, está…—no pudo acabar la frase, y decir que estaba muerta pues los gritos de Morrison lo silenciaron.

—¡Sigue con vida! ¡Rápido! ¡Traigan la camilla de mi coche! —Davis y Scotty fueron a por ella con diligencia.

Ayudaron al doctor a colocarla sobre la camilla y a meterla en el coche para que este pudiera llevarla a la clínica.

—La señora Martin lo está preparando todo, no hay tiempo que perder —informó el doctor tras colgar su teléfono.

—Váyase, voy a investigar con Scotty. Iré tan pronto como terminemos. No dude en avisarme, pase lo que pase —dijo Natalie. Y la peculiar ambulancia salió disparada hacia la ciudad.

Davis observó el interior de la furgoneta desde fuera. La sangre de Betty se confundía con la sangre reseca.

—¿Qué vamos a hacer ahora con la furgoneta? ¿Buscará más pruebas? – Scotty hablaba sin dejar de moverse con la mirada perdida, conmocionado por su descubrimiento. Natalie guardaba silencio. Sabía el protocolo a seguir, los pasos que debía dar y, sin embargo, solo podía pensar en la maldita serie de televisión sobre criminólogos en la que las pruebas aparecían ante sus narices y con pulsar un simple botón, todo llevaba al culpable. Estaba cansada y convencida de que ese sería su primer y último caso, así que, consciente de las limitaciones técnicas con las que contaba, fue contundente: "llévatela y límpiala como acordamos."

—Aun no entiendo cómo ha podido regresar y no habérnoslo cruzado. Lo peor de todo es que ha podido ser cualquiera, pero ¿quién? Solo hay un camino y ningún coche excepto el nuestro se paseó por la zona.

—Bueno... eso no es del todo cierto —interrumpió tímidamente el ayudante del sheriff.

—¿Viste a alguien?

—No. Me refiero a que no es el único camino, se puede llegar rodeando la zona oeste del pueblo.

—¿Por dónde? —Natalie sacó su libreta y se la cedió — ¡Dibújamelo! —Scotty hizo un abstracto boceto.

—Si seguimos todo recto y giramos a la derecha, cerca del río, hay un camino que lleva a la zona del aserradero que como sabe está detrás de la zona de tiendas —explicó el ayudante —A pocos pasos está la calle paralela que bordea la plaza del ayuntamiento y en la esquina izquierda está la tienda de antigüedades. Quizás el señor Green pudo ver a alguien.

—Encárgate de la furgoneta, voy a ver si encuentro algo por ahí –sin dejar que Scotty añadiera nada, Natalie siguió recto esperando no perderse.

Inició su caminata poniendo en marcha el cronómetro de su reloj, temerosa de que las indicaciones de Scotty no le sirvieran y que su sentido de la orientación pudiera jugarle una mala pasada; pero se sintió sorprendida al comprobar que en el páramo, los árboles habían dibujado un camino casi perfecto que la llevaban hasta el río sin posibilidad de perderse.

Caminó observando con minuciosidad pero sin llegar a detenerse; nada llamaba su atención, todo parecía estar en concordancia. Llegó al río y detuvo el cronómetro; quería ojear si el asesino había tenido el descuido de dejarse olvidado algo por la zona. A simple vista no había ningún indicio de que por allí hubiese pasado un asesino. Miró sus zapatos y estaban llenos de tierra rojiza; la reconoció en seguida, era la misma encontrada en los asesinatos en la ciudad. Cerca había unas pisadas y una línea de unos 6 centímetros que ser perdía entre la hierba. Davis sacó su teléfono y tomó algunas fotografías; recordó que necesitaba cargarlo cuanto antes pues pronto consumiría toda la batería. Arrancó una hoja de su libreta y tomo una muestra de arena que guardó en su bolsillo; tal vez hubiese perdido su maletín pero haría lo que pudiera para pillar a ese monstruo. Reinició su cronómetro y continuó en dirección al aserradero.

El aserradero era un hervidero de gente, de un sitio para otro, gritando, cargando madera, en un ajetreo constante. Un grupo se distrajo con Davis dedicándole piropos y alguna que otra obscenidad. Natalie les mostró su placa, haciéndoles enmudecer.

—¿Y el jefe? —sin abrir la boca le indicaron con el dedo a un tipo gordo con casco de seguridad y camiseta de tirantas y vaqueros; sostenía una carpeta de notas y les gritaba para que siguieran con el trabajo.

—¿Es usted el capataz? —el tipo la miró de arriba a abajo antes de contestar.

—Jerry Hudson. ¿Viene por la desaparición de Betty? —Davis asintió y comenzó con su interrogatorio.

—Mi nombre es Natalie Davis y me gustaría…

—Sé quién es. Por favor, tengo mucho trabajo; pregunte lo que quiera.

—¿A qué hora comienzan a trabajar?

—A las 6 de la mañana.

—¿Pasó alguien por aquí que no fuera de sus chicos? ¿Alguna persona del pueblo?

—No después de que el señor Smith terminara el reparto.

—¿Qué quiere decir con eso?

—Todos los lunes trae las provisiones para la semana. Desde que comienza el trabajo hasta las 12 de la mañana, me mantengo en mi posición, aquí donde usted me ve, y no pasó nadie que no trabajara aquí. Si pasó alguien sería antes de mi hora.

—¿A qué hora se fue Smith?

—Pues a las 6.30 creo que sería.

—¿Qué sucede a las doce?

—Tenemos un parón de media hora. Todos nos vamos a la sala de descanso —Jerry señaló una enorme nave contigua al aserradero donde había un comedor y una área de ocio.

—¿Cree que alguien pudo ver algo a esa hora?

—Este trabajo es muy cansado, los chicos salen pitando cuando dan las doce; dudo mucho que alguien merodeara por aquí.

—Si es tan amable, me sería de utilidad que preguntara a sus chicos —Davis le dio una tarjeta con su número de teléfono —Cuando acabe el trabajo o cuando tenga un hueco. Cualquier información puede ser vital para encontrar a Betty —la agente decidió no mencionar que la chica se debatía entre la vida y la muerte en el quirófano de Morrison.

—Por supuesto, señorita…—leyó la tarjeta —Davis. Todos apreciamos mucho a Betty- Natalie se despidió y continuó su camino al pueblo, activando una vez más su reloj.

Cuando llegó a la calle paralela y estuvo entre la Biblioteca y la tienda de antigüedades, detuvo su cronómetro por última vez. Unos 30 minutos había tardado en recorrer el trayecto. "Si el asesino cargaba un cuerpo puede que se demorará unos minutos más; aun así era bastante tiempo para que nadie lo hubiese visto. Contando que tenía que hacer dos viajes, uno para llevar a la chica y otro para volver… ¿cómo habría trasportado a la chica? Natalie recordó la línea del suelo; ¡había llevado a la chica en una carretilla de mano! Era imposible que nadie hubiese visto nada. Necesitaba poner en orden sus ideas, seguir una cronología y…" alguien interrumpió sus divagaciones.

—¿Qué haces en medio de la carretera? —le preguntó Green.

—¡Hola, Robert! —la joven sintió como se le encendían las mejillas —Pensando…

—Pues podrías elegir otro sitio. ¿Alguna pista sobre Betty?

—Aun nada… pensé que estarías con los grupos de búsqueda.

—Sí, solo que aún no es mi turno. Son casi las dos, ¿te apetece que almorcemos juntos? —Natalie miró su reloj escandalizada.

—¡Es tardísimo! Lo siento, tengo que ir a ver al doctor Morrison.

—Bueno, luego tendremos tiempo de hablar.

—No sé si podré…

—No quiero un "no". No pienso desistir y dejar de recordártelo cada vez que nos crucemos —Green dio media vuelta y entró en su taller.

Natalie sonreía mientras lo observaba a través de la ventana. El taller le parecía diferente desde la última vez que lo había visto; estaba limpio y recogido, parecía que finalmente Green había puesto orden. Davis alejó los intrascendentes pensamientos de su mente y aceleró el paso para llegar cuanto antes junto a Morrison.

Al llegar a la clínica, tuvo que golpear con fuerza varias veces la puerta para que John le abriese.

—¡Vamos, pase, antes de que alguien la vea!

—¿Y la chica? —preguntó Davis. El doctor se derrumbó en una de las sillas de la sala de espera, totalmente agotado.

—Cécile está con ella en la habitación —dijo refiriéndose a la sala adyacente al quirófano —He hecho lo que he podido.

—¿Está viva?

—Sí, pero…—se tomó unos segundos para tragar saliva —he tenido que amputarle la pierna.

—¿Cree que podrá hablar conmigo?

—¿No ha oído lo que le he dicho? ¡He tenido que amputarle la pierna a esa chica!

—Le he oído; pero debe ser consciente de que en manos de esa chica está la vida de la próxima víctima.

—Tiene razón. Discúlpeme, ha sido un día duro — parecía haber entrado en una especie de trance — Adoro mi profesión. Los cirujanos somos unos auténticos carniceros. El primer corte es el más difícil pero luego... lo demás viene solo. Nos evadimos, despersonalizamos el cuerpo que tratamos y nos convertimos en verdaderos obsesionados de la sangre. Los mejores años de mi vida fueron en Seattle, cortando, amputando... pero también fueron los más duros —se puso de pie y se acercó a unos milímetros de la cara de Natalie – comprendo el afán de ese tipo en cortar y disfrutar el olor de la sangre porque nosotros los cirujanos no somos tan diferentes – Davis se estremeció, aquel hombre parecía haberse transformado en las horas que habían estado compartiendo.

—Creo que es mejor que se acueste y descanse. Yo me quedaré aquí por si despierta —sugirió tímidamente.

—Tiene razón, será lo mejor. Estaré en la consulta —John parecía haber recobrado la cordura y la profesionalidad. Se marchó, dejando sola a Natalie en la sala de espera. Davis decidió que era hora de avisar a Meyer.

Ni siquiera le dio tiempo a oír el primer tono, cuando Jack respondió a su llamada.

—Davis nos tenías preocupados. Respecto a lo de antes…—Meyer quería disculparse pero Natalie no le dio oportunidad.

—No hay tiempo para eso —expresó tajante —Jack, hemos encontrado a la chica.

Capítulo XI

Meyer no entendía a qué se refería Davis. Al parecer tenía que informarle de muchas cosas.

—¿Qué chica? ¿De qué estás hablando? —las preguntas se sucedían tanto como sus dudas.

—La novia de la víctima había desaparecido. Creíamos que podría haberse fugado a la ciudad sin saber lo que había ocurrido. Pero hace una hora la encontramos, apenas respiraba y tenía una pierna herida. El doctor Morrison ha hecho lo que ha podido pero ha tenido que amputarle la pierna; aún sigue dormida tras la operación. Creemos que pudo ver al asesino, así que estoy esperando a que despierte —informó Davis.

—¡Es una gran noticia! —Jack parecía entusiasmado, sabía que era la oportunidad perfecta de descubrir al asesino. Natalie frunció el ceño ante tal afirmación —Tal vez pueda llevarnos hasta ese bastardo y meterlo entre rejas antes de que vuelva a atacar —Olivia comenzó a hacerle señas —Natalie tengo que dejarte, vamos a aterrizar. Llegaremos esta noche, pero pase lo que pase no dudes en…— El teléfono se colgó. Natalie se había quedado sin batería. Olivia ocupó el asiento junto a Meyer.

—¿Está todo bien? Pareces disgustado.

—Era Davis, se ha cortado la llamada. Solo espero que sea porque se ha quedado sin cobertura o sin batería y que no es porque este metida en algún lío.

—No debes preocuparte; si algo aprendí cuando estuve en la academia es que si apruebas es porque realmente puedes afrontar un caso como este —miró a su alrededor y acercó un poco más la cara para que el resto no la oyera —Si te soy sincera, estoy deseando llegar —Meyer esgrimió una leve sonrisa —¿Crees que ese Morrison es de fiar?

—No estoy seguro. Leyendo los informes, al único que descartaría es a Arthur Smith. Cuando podamos analizar las pruebas que Davis ha recopilado será sencillo llegar hasta el asesino.

—Tienes razón, apenas tenemos información; solo esbozos de lo que ha sucedido. ¿Crees que volverá a matar?

—Ya ha atacado dos veces, está cambiando de dinámica. Puede que la primera víctima fuera por placer, era algo premeditado, pero está claro que la chica fue un acto de supervivencia o bien un impulso; tal vez lo descubrió y tuvo que cerrarle la boca —Olivia palideció.

—No me gusta cómo suena eso.

—¿A qué te refieres?

—Si esta alterado y ya no es capaz de controlar sus instintos puede atacar en cualquier momento; es como una bomba de relojería.

—Eso puede beneficiarnos —recordó Jack.

—Depende —añadió la agente con preocupación — siempre que el estorbo no sea una novata del FBI — Meyer torció el labio. Ahora más que nunca deseaba llegar cuanto antes para hacerse cargo de la situación. El piloto dio el aviso de que se prepararan para aterrizar; Jack apretó su cinturón y volvió a repasar mentalmente el expediente de John Morrison.

John Morrison había nacido en Village Street. Tanto su padre como su abuelo habían sido los médicos del pueblo, algo que le marcó a la hora de decidir cuál quería que fuera su futuro. Desde pequeño siempre lo había tenido claro, sería medico; e incluso jugaba con sus mascotas a que él las curaba. Tras terminar en la Universidad y la residencia, se especializó en medicina general e ingresó en un prestigioso hospital de Seattle; la idea de limitarse a ser el doctor de un lugar como Village Street se le hacía insignificante para un profesional de su valía. Estaba convencido de que haría algo grande y su pueblo natal no podía darle las oportunidades de la gran ciudad.

Comenzó a obsesionarse con ser un prestigioso y reconocido cirujano, así que emprendió un proyecto en solitario y secreto. Se alejó de amistades y compañeros, se convirtió en una persona huraña y dedicó todo su tiempo libre a experimentar en el laboratorio de prácticas. Tratar con animales o maniquís le parecía algo absurdo e ineficaz para sus propósitos, así que comenzó a escabullirse a la morgue para aplicar sus nuevas ideas en cuerpos humanos. Le fue sencillo camelarse a Lucy Donovan para que lo dejara practicar con los cuerpos, a los que ya le habían hecho la autopsia, con la única condición de que los dejara en el mismo estado que los hubiera dejado el especialista. Después de unos meses ensayando con cadáveres, su obsesión lo llevó a querer usar sus técnicas en vivos; esa fue su perdición. Lucy Donovan lo denunció al jefe de cirugía y tras descubrirse todo, fue sancionado y destituido de su puesto. Devastado y deprimido, la llamada de su madre avisándole del fallecimiento de su padre le dio una oportunidad de empezar de nuevo.

No había datos de que hubiese cometido ningún asesinato ni que hubiese traficado con órganos humanos pero la duda sobrevolaba sobre la cabeza de Meyer, y obligaba a incluirlo en la lista de sospechosos.

Capítulo XII

Natalie miró su teléfono con desesperación; debía ir a la casa a buscar un cargador pues su maletín seguía en paradero desconocido. Había decidido no contarle nada de lo ocurrido a Meyer hasta que no tuviera más alternativa. Tenía que organizarse y seguir una línea de actuación; no podía seguir improvisando a medida que sucedía un nuevo incidente.

—¡Doctor! ¡Doctor! —la señora Martin gritaba desde la habitación pues al parecer Betty se había despertado.

Morrison acudió en seguida y Davis observó desde el quicio de la puerta lo que ocurría. Betty no podía hablar, estaba fuera de sí y empeoró al ver a Davis; la joven comenzó a gesticular y hacer señas al ramo de flores que Martin había puesto junto a su cama.

Betty trató de alcanzarlo haciéndolo caer y rompiéndose en añicos. Morrison le suministró un calmante por vía intravenosa y la chica cayó en un profundo sueño. El doctor le indicó a la enfermera que limpiara y no se apartara de su lado en todo el día. De nuevo en la sala de espera, médico e investigadora trataban de determinar los siguientes pasos.

—Creo que va siendo hora de llamar a la familia y detener la búsqueda. Ya va siendo hora de poner fin a esto —sugirió Morrison.

—Avisaré a Cooper —respondió contundente Davis —- ¿Cree que saldrá de esta?

—Creo que físicamente, he hecho un buen trabajo y si ella lo desea podrá volver a caminar. Hoy hay protésicos de gran calidad y apenas se distingue de la pierna sana. En cuanto a lo psicológico, no sabría decirle. Usted misma ha visto como ha reaccionado.

—Tengo la impresión de que quería decirme algo sobre el culpable pero…

—Puede… también puede ser que no tenga ningún sentido y todo haya sido parte del shock post-traumático.

—¿Quién trajo las flores? —preguntó Davis. La insistencia de Betty por alcanzarlas le hacía sospechar.

—Cécile las colocó para animarla cuando despertase. Siempre hace lo mismo cuando tenemos a alguien convaleciente en la clínica.

—Cualquiera que sea un poco observador podría saber que hay alguien aquí.

—Bueno… creo que eso ya es ser demasiado retorcido.

—Usted ha visto como yo lo que es capaz de hacer ese tipo; no creo que este dramatizando.

—Tiene razón señorita Davis. ¿Llamará a Cooper? —dijo al verla sostener el teléfono entre sus manos.

—Debo ir a casa; se quedó sin batería. Sería mucho pedir que…

—Yo me encargaré.

—Les traeré luego algo de comer. Aún queda mucho día — Davis se despidió y Morrison notificó a Cooper lo sucedido para que concluyera con el plan de búsqueda. Luego llamó a la señora Walker para darle la agridulce noticia de que habían encontrado a su hija.

Davis se dirigió al número 11; no le agradaba tener que volver a aquella casa, desde que se había hecho público su verdadera identidad presagiaba que allí no estaría segura. Sentía como si en cualquier rincón de aquel lugar pudiera esconderse alguien acechándola. Tal vez, solo estuviera siendo un poco paranoica; aun así, decidió dejar tanto la verja como la puerta de la casa, abiertas de par en par. Entró corriendo sin mirar a ningún sitio, centrándose en buscar su cargador en la mesa de la biblioteca. Creyó oír pasos en el piso de arriba y se sintió estúpida por dejar que el miedo afectara a su conciencia.

Con el cable en su mano salió sin molestarse en cerrar la biblioteca; a punto de abandonar la casa, alguien se acercó por detrás y la golpeó con fuerza, dejándola inconsciente en el suelo.

Minutos más tarde, Green trataba de despertarla con suaves toquecitos en su mejilla izquierda.

—¡Natalie! ¡Despierta! ¿Estás bien? —se afanaba en preguntar el hombre.

—¿Por qué me has golpeado? —preguntaba Davis aun confusa. Trató de incorporarse pero Robert la retuvo.

—Vi las puertas abiertas y me acerqué para ver si todo iba bien. Te encontré en el suelo y todo...— alzó la mirada hacia la biblioteca —Todo estaba revuelto. Alguien ha estado husmeando entre tus cosas.

—Tengo que seguir trabajando —Natalie hizo un nuevo intento por levantarse que Robert frustró.

—No te levantes. El doctor Morrison acaba de cruzar la calle para verte —el médico hizo su entrada.

—¿Qué le ha pasado? —John se puso de rodillas junto a ella y empezó a reconocerla —¿Se siente mareada?

—No, solo quiero salir de aquí e ir a la comisaría para seguir trabajando —Davis se puso de pie y se alejó de los hombres — Si me encuentro mal, se dónde puedo encontrarle.

Natalie abandonó la parcela sin mirar atrás, andando a toda prisa hacia la comisaría. Necesitaba recuperar la calma, organizar sus ideas y toda la información que había recopilado hasta el momento.

En la comisaría, Eleonor leía una revista cuando Natalie llegó a la oficina.

—¡Buenas tardes, señorita Davis! —Saludó la mujer del sheriff —Ya he preparado la sala para usted. Es pequeña pero hemos puesto un camastro y una mesa. He dejado sus cosas allí. Si necesita algo más, no dude en pedírmelo.

—Muchas gracias —Natalie echó un vistazo. La habitación era un minúsculo cuadrado; junto la puerta estaba la mesa de trabajo donde habían dejado la bolsa negra con las ropas de Denny. Justo enfrente de la puerta, en vertical, estaba el camastro sobre el que estaba su maleta. En la pared norte había una ventana en la esquina derecha. La pared del Este, estaba totalmente libre; se le ocurrió que le sería de utilidad —Señora Cooper, ¿podría conseguirme rotuladores, papel para escribir y chinchetas o algo con lo que colgar notas en la pared?

—Tengo post-it, ¿le servirá? —preguntó la mujer.

—¡Perfecto! —Natalie se hizo con lo necesario con la intención de encerrarse en su imprevista oficina.

Comenzó situando en el tiempo cada dato sobre Denny. A las 5.00 se había despedido de su familia.

Alrededor de las 6.30 lo encontró muerto. A las 7.15 Morrison llegó para llevárselo. A las 11.30 sus padres lo despedían. Revisó los post-it de la pared y le pareció todo demasiado simple… decidió tratar de ver el puzzle con perspectiva.

Denny había sido engañado para viajar solo en su furgoneta. El asesino lo esperaba en el camino e hizo que se parara, de ahí las huellas y la sangre en la arena; sin duda, el golpe mortífero se lo había propinado en ese punto. Luego había conducido hasta el bosque donde había desgarrado la carne de las extremidades y se había llevado el hígado. Que no hubiese tocado la cara significaba que el asesino no había despersonalizado el cuerpo, lo respetaba y sentía como si sus acciones sirvieran para aliviar a la víctima. Natalie frunció el ceño. El chico y el asesino se conocían; incluso estaba segura que ella misma se lo habría cruzado en más de una ocasión y sin embargo, nadie le había activado la alarma. Quizás su atracción por Green le hubiese nublado el juicio. Meyer no se lo perdonaría; cuando llegara a la ciudad, la enviaría de vuelta a casa. Se distraía demasiado. Volvió al caso; era el turno de Betty.

A las 4.30 salió de casa. A las 5.00 observó escondida como su novio se marchaba sin ella. De 6.00 a 6.30 estuvo con Morrison. A la 13.00 apareció su cuerpo.

Esos eran los datos que había recogido pero había más. Sabía que cuando Betty abandonó al doctor, se encontró con el asesino. Debió verlo cuando él llegaba por el camino del aserradero. A las 6.30 el asesino estaba en el pueblo; si había tomado el camino del aserradero debería haberlo hecho antes de las 6.00. ¿Tuvo tiempo de rebanar al pequeño de los Carlson en media hora? Estaba segura que aprovechó el descanso de los trabajadores para llevar el cuerpo de Betty a la furgoneta. A las 12.00 salió de casa trasportando a Betty en una carretilla de mano. Antes de que reanudaran el trabajo, ambos estaban ya seguros en el río. Pero luego… ¿qué camino tomó para que nadie lo viese? ¿Cómo pudo colarse en la clínica para robarle su maletín? A las 11.45 estaba en la clínica. ¿Ya había agredido a la chica? ¿La mutiló en el bosque? La imagen de la furgoneta, la tenía confusa en su mente; no había prestado atención a los detalles, esos que eran determinantes en un caso. Las huellas…—recordó las huellas- ¿en qué dirección iban? —comprobó la foto del móvil y estaban posicionadas hacia la izquierda así que tomo ese camino en la ida pero… ¿y a la vuelta?

A Natalie comenzó a dolerle la cabeza, con más fuerza, debido al golpe y a todas esas incógnitas sin respuesta. Tomó una hoja en blanco de su libreta e hizo una lista con "cosas por hacer". Tenía que hablar con Smith para saber si había visto a alguien cuando había llevado la mercancía al aserradero; quería preguntarle a Morrison de dónde venía para encontrarse con Betty de manera fortuita, aunque intuía que regresaba de la oficina de correos; Green aun no le había dicho nada del comprador "fantasma" y tampoco lo había interrogado para saber si él había visto algo desde su taller; debía repasar la ropa de la víctima. Tuvo que llevarse las manos a su sien para tratar de aliviar masajeando, el caos que taladraba su cabeza. Se sentó en el camastro con las piernas cruzadas sobre sí y observó los post-it colgados; formaban un entramado amarillo sin sentido. Estaba segura que tenía delante de ella las piezas que la llevaban al asesino, solo necesitaba encontrar el lugar correcto que ocupaban.

Natalie siguió contemplando la pared poniéndose más cómoda a medida que aumentaban sus bostezos; no podía permitirse ninguna siesta. Saltó del camastro con intención de reunirse con Eleonor pero creyó ver una sombra en la ventana y no quiso arriesgarse una vez más. Cerró la ventana, bajó la persiana y colocó una manta sobre el marco para que nadie espiara desde fuera. Ya más segura, salió de la habitación. Eleonor colocaba sobre su mesa el almuerzo.

—¿Puedo ayudarle en algo?

—¿Podría darme el número de teléfono de la tienda de Smith?

—Sí, por supuesto —la mujer lo anotó en un trozo de papel y se lo dio —Llámelo cuanto antes son las 15.28, cierra a las 15.30 y es muy estricto en su horario. Luego si le apetece podríamos almorzar juntas. Hice comida para tres pero los chicos parece que no vendrán a hacernos compañía.

Natalie asintió con una sonrisa y regresó a su oficina para hablar con Smith. Ya había infringido un centenar de normas, esa sería una más de su lista; siempre había que interrogar en persona y nunca usar otro tipo de medios. Por suerte, Meyer no estaba cerca para gritarle. Telefoneó, esperó a oír un par de tonos y Arthur Smith respondió.

—Arthur al habla, ¿en qué puedo ayudarle?

—Soy la agente Davis...—no la dejó continuar.

—Ya era hora jovencita. Pensé que nunca se iba a dignar a hablar conmigo.

—Me gustaría hacerle unas preguntas sobre la noche en que falleció Denny Carlson.

—¡Perfecto! Pregunte lo que quiera. Un segundo —la volvió a interrumpir —Un cliente —informó —El vino está detrás de esa estantería en el tercer estante. He traído uno importado de España ¡delicioso! —pudo oír Natalie que decía —Bueno, pregunte, estoy listo.

—¿A qué hora llegó a la tienda?

—Antes de las cinco.

—¿Vio u oyó a alguien por los alrededores?

—Por supuesto, lo vi todo.

—¿Qué quiere decir con que lo vio todo?

—Señorita, sé que su trabajo es hacer las preguntas pero iremos más rápido si me deja contarle la historia.

—Muy bien... cuénteme qué vio.

—Ya le he dicho, lo vi todo. To-do. Sé perfectamente lo que ocurrió aquella noche e incluso, puedo decirle quién mató al chico.

—¿Y a qué espera? —Preguntó Davis extasiada por la emoción de encontrar a alguien que sí podía ayudarla. Silencio, eso es todo lo que obtuvo —¿Arthur? ¿Sigue ahí? ¿Señor Smith? —La conversación se había cortado.

Inmediatamente volvió a marcar pero comunicaba. Decidió pedir a Cooper que fuera a echar un vistazo.

—¿Henry? Necesito que...—no la dejó continuar.

—Natalie, ¿cómo estás? Morrison me ha contado lo ocurrido.

—Bien, un chichón y un fuerte dolor de cabeza; eso no es nada. Escúchame es importante.

—Dime.

—Necesito que vayas a la tienda de Smith y compruebes que todo anda bien. Estaba hablando con él por teléfono y se cortó la llamada. Algo me dice que debemos preocuparnos.

—No temas. Ahora mismo voy para allá. Luego te llamo —se despidieron y Natalie decidió aceptar la invitación de la señora Cooper.

—¿Ya ha hablado con él? —quiso saber Eleonor.

—Sí, pero el teléfono parece que se ha estropeado. Le he pedido al sheriff que vaya a hablar con Smith.

—¿Le apetece comer algo?

—Sí, por favor. ¿Tendría una aspirina? Esta jaqueca me está matando —Eleonor sacó de uno de los cajones un pequeño botiquín y le ofreció el analgésico.

Parecía una mujer inteligente y muy eficiente, nunca lo hubiese pensado por la forma que se comportó en la cena del alcalde. El alcalde... qué raro que el alcalde o su mujer no se hubiesen entrometido en todo el día; se preguntó si estarían informados de lo que sucedía. Mientras hablaba con Eleonor sobre cosas mundanas y fiestas de parroquia, Cooper tocaba con el puño en la puerta de Smith.

La puerta estaba cerrada. Trató de ver a través de la cristalera pero la oscuridad del interior y la suciedad de los cristales le impidieron ver nada. Decidió dar la vuelta e intentarlo por la puerta trasera; tuvo suerte, la encontró semi-abierta. Aquella situación le daba mala espina, así que encañonó su arma y entró con cuidado. No se oía nada y parecía que no hubiese nadie, pero entonces vio unos pelos grises asomando por el suelo tras el mostrador. Sigilosamente fue acortando distancias hasta que pudo verlo con claridad; Arthur Smith había sido estrangulado con el cable del teléfono y dejado postrado en el parqué fuera del mostrador. Cooper llamó inmediatamente a Davis.

—Tienes que venir cuanto antes. Smith está muerto —colgó. Natalie palideció y a punto estuvo de atragantarse con los guisantes. Estaba segura de que el asesino había oído las últimas palabras del tendero; sin duda, su fanfarronería, le había costado la vida.

—Eleonor siento no seguir con la charla pero tengo que irme.

—¿Ha ocurrido algo? ¿El sheriff está bien? —Preguntó con espanto.

—No se preocupe por el sheriff —trató de consolarla. Luego se dirigió a su habitación y la cerró con llave, guardándola en su escote —Pase lo que pase que nadie entre ahí dentro —la mujer asintió pero mantenía el gesto preocupado —Le diré a Cooper que la llame —Eleonor más aliviada se lo agradeció con una sonrisa, prometiendo guardarle la comida para más tarde.

Antes de poner un pie en la calle, supo que debía hacer algo antes de continuar. Cogió el teléfono de la comisaría y se puso en contacto con su jefe.

—Meyer al habla. ¿Qué ocurre Davis?

—¡Trae tu culo lo más rápido posible hasta aquí! ¡Hay otro cuerpo!

—¿Qué? —Davis colgó y salió corriendo al otro lado del pueblo.

Capítulo XIII

Jack estaba fuera de sí. El mensaje había sido contundente pero nada explicativo.

—¿Davis? ¿Davis? —Gritaba desde su asiento de la furgoneta que lo llevaba hasta Village Street — Brandon acelera todo lo que puedas. Tenemos que llegar cuanto antes - el chico obedeció. A través del intercomunicador se puso en contacto con la furgoneta que les seguía con el resto del equipo.

—Olivia, dile a Jessica que pise a fondo. Hay una nueva víctima.

—¿Qué? ¿Quién? ¿Qué ha pasado?

—No sé nada más; me ha vuelto a colgar.

—Jefe creo que va siendo hora de hablar con su contacto.

—Tienes razón. Bueno, no apartaros ni distraeros, esto se está poniendo demasiado peligroso y quiero estar allí cuanto antes —Meyer cortó la comunicación y marcó desde su teléfono. Pasaron varios tonos hasta que recibió respuesta.

—¡Buenas tardes! Ya pensaba que te habías olvidado de mí.

—Esto se ha puesto bastante feo. Si no hay ningún contratiempo llegaremos esta noche. La agente Davis no ha podido informarme correctamente así que espero que usted lo haga.

—No me extraña, esa chica no ha parado ni un segundo desde que encontró al joven Carlson. A pesar de los contratiempos, está haciendo un buen trabajo —Meyer no podía dejar de sonreír lleno de orgullo por oír esas palabras sobre un miembro de su equipo; más si cabe, siendo Natalie.

—Cuénteme todo desde el principio.

—Está bien. Espere que me sirva una copa, esto va a llevarnos su tiempo - unió la palabra al gesto, echó el pestillo de su despacho y comenzó a hablar — ¿Desde lo de Denny Carlson?

—Sí, por favor. Así no perderemos el tiempo cuando lleguemos allí.

—Espero no saltarme nada. ¿Por dónde empiezo? Ah, sí... Denny Carlson había decidido formar parte del cuerpo de policía, así que hizo las maletas para viajar a la ciudad e ingresar en la academia. Robert Green le habló de un cliente que se había puesto en contacto con él interesado en una vieja furgoneta; el chico aceptó en vender la suya y viajar solo a la ciudad. En el camino se encontró con el asesino y éste le degolló en la carretera, trasladando la furgoneta con el cuerpo al bosque —hizo una pausa y tomó un sorbo de su copa —¿Por dónde iba?

—El asesino mató al chico y lo llevó al bosque.

—Exacto. La agente Davis salió a correr y encontró marcas de sangre en la arena, siguió el rastro y encontró a la víctima. En seguida se puso en contacto con usted. El sheriff y el doctor Morrison se unieron a la investigación tan pronto fue necesario. Llevaron el cuerpo a la clínica y ocultaron la furgoneta con ramas y arbustos para que nadie la descubriera —guardó silencio.

—¿Se encuentra bien?

—Sí, solo estoy tratando de recordar. No quiero olvidar nada. Creo que después de eso dieron el aviso de que Betty, la novia de Denny, había desaparecido. Se montó un revuelo en el pueblo y un grupo se presentó para quejarse en la clínica. La agente supo estar a la altura de las circunstancias y logró calmarlos reuniéndolos más tarde en el ayuntamiento para organizar grupos de búsqueda. Lástima que le robaran el maletín de pruebas...

—¿Qué ha pasado qué?

—No seas duro con ella. Ese asesino es muy listo, pasa desapercibido y eso hace que nadie preste atención a sus actos; lo robó delante de sus narices.

—No me puedo creer que esto me esté pasando a mí.

—Eso mismo dijo la señorita Davis. Pobre...

—Continúe —exigió Meyer con brusquedad.

—Estando en la reunión con el pueblo, el doctor Morrison llegó buscando a Natalie. Habían mandado a Scotty a recuperar la furgoneta para llevarla a la comisaría y limpiarla; en su interior estaba Betty con una pierna desgarrada y más muerta que viva. La llevaron al hospital y allí sigue recuperándose.

—¿Y sobre la última víctima?

—No seas impaciente —tomó un nuevo trago —como decía, Betty sigue en el hospital. Mientras Cooper se encargaba de organizar la búsqueda, Natalie regresó a la casa a recoger algo que necesitaba. Se ha mudado a la comisaría, ¿lo sabías?

—No, no me ha dicho nada.

—Pues desde el primer momento que se descubrió su identidad, pidió dejar la casa. En fin, que alguien la golpeó y revolvió todas sus cosas.

—¿Pero está bien? ¿Sabe cómo se encuentra? —Jack trataba de no parecer desesperado.

—Parece que te preocupa esa chica. No temas, solo tiene un chichón y una fuerte jaqueca. Lo último que sé es que llamó al tendero, se cortó la llamada y pidió a Cooper que comprobara si todo iba bien. Se encontró al viejo Arthur muerto en el suelo de la tienda; lo habían ahorcado con el cable del teléfono. Cooper y Morrison están ya allí, y Natalie está de camino. No puedo decirle nada más por el momento —bebió con ansia de su copa de whisky.

—Gracias. Ha sido de gran ayuda. Si ocurre cualquier otra cosa, no dude en llamarme señor Gordon.

—Lo haré, muchacho. Y tranquilo, le pediré a Henry que cuide de tu chica —el alcalde comenzó a reír.

—¡Señor Gordon! —exclamó para hacerlo callar.

—Vamos Jack, te conozco desde que eras un mocoso y sé lo que veo cuando lo veo.

—Tengo que colgar —anunció con impaciencia Meyer. Gordon no podía dejar de reír.

—Está bien, huye. Le diré a tu tía que vendrás para cenar. Hasta luego chico.

—Hasta luego, tío.

Capítulo XIV

Natalie salió a toda prisa de la comisaría, sin reducir la marcha, hasta que se encontró justo en frente de la tienda. La calma que se respiraba en el ambiente era demasiado inusual para hallarse en el lugar de un crimen. Natalie trataba de recuperar la respiración después de la carrera, mientras observaba su alrededor; por el callejón lateral Scotty apareció para resolver sus dudas. Habían decidido usar la parte trasera para no alarmar al pueblo. Natalie lo siguió hasta llegar a una especie de patio que Smith usaba para la carga y descarga de mercancía. Los coches de Morrison y el sheriff estaban allí, ambos hablaban de lo ocurrido cuando Davis se les unió.

—¿Se encuentra bien? —le preguntó Morrison al verla sin chaqueta, ni identificación ni pistola; se había afanado tanto en evitar que nadie volviera a hurgar en sus cosas y en llegar lo antes posible que lo había olvidado todo.

—Estoy bien. ¿Puedo ver el cuerpo?

—Está dentro. No hemos tocado nada, como nos dijo que hiciéramos en el bosque —respondió Scotty. Cooper le dedicó una mirada amenazante que obligó al chico a guardar silencio y dirigir su vista al suelo.

—Perfecto. Síganme manteniendo las distancias. Vamos a ver que tenemos aquí —Natalie cruzó la puerta y siguió por el pasillo.

En seguida vio el pelo gris de Smith asomando tras el mostrador. Se acercó al cuerpo y comenzó a recrear la que creía que había sido la escena del asesinato. Empezó a hablar en voz alta como si hubiese entrado en trance mientras los tres hombres la contemplaban fascinados.

—Era la hora de cerrar. El asesino llegó en el último segundo y aunque ya había acabado su turno, Arthur le permitió entrar. Decidió cerrar la puerta para que nadie más se colara pues para él su horario era algo sagrado. Sonó el teléfono y estiró la mano para alcanzarlo desde detrás del mostrador —Natalie representaba el papel como si fuera parte de lo ocurrido - "Hola por fin me llama. Lo sé todo" — imitó Davis y luego continuó con la narración —El asesino estaba...—recordó las palabras del tendero —"A la izquierda en la tercera estantería" —volvió a imitar. Natalie siguió las indicaciones y encontró una botella en el suelo que se había hecho añicos — El asesino comenzó a preocuparse al oír aquellas palabras, apenas prestaba atención a lo que hacía; su único interés era oír aquella conversación. Arthur estaba tan inmerso en fanfarronear sobre lo que había visto que ni siquiera oyó romperse la botella. Entonces Smith lo dijo "Lo sé todo. Incluso sé quién es el asesino". El asesino no podía creer lo que oía, así que aprovechando el despiste del tendero, se acercó sigilosamente por su espalda y lo sujetó liándole el cable del teléfono alrededor del cuello hasta que se desvaneció sin vida —Natalie observó el cuerpo en el suelo que yacía boca abajo —Su fanfarronería le mató y lo trágico es que estaba equivocado.

—¿Equivocado? —preguntó Morrison.

—Un hombre que acaba de ver al asesino no mantiene la calma como él lo hizo, hubiese tratado de avisarme de alguna forma o contarme su historia en otro momento. No sé lo que vería pero no vio al asesino - Natalie regresó a la estantería a comprobar los vinos. Faltaban una botella de vino blanco, la que estaba esparcida por el suelo, y una de las tres botellas de vino tinto español, la que el asesino se había llevado. Retrocedió sobre sus pasos y abrió la caja registradora. Estaba vacía, Arthur había retirado el dinero de las ventas de la mañana a excepción de los 20 dólares que el asesino había dejado para pagar el vino. Natalie pidió un sobre para guárdalo como prueba y se lo guardó en su bolsillo—No puedo hacer nada más sin mi maletín —dijo con resignación —Morrison haga el favor de llevarse el cuerpo. ¿Hay que informar a alguien de lo sucedido? —Preguntó al sheriff.

—A su hija. Pero si quiere puedo ir solo, no parece tener buen aspecto —La cara de la agente estaba pálida. La tensión y la falta de descanso comenzaban hacer mella.

—Estoy bien. Vamos a ver a la hija pero antes llama a Eleonor, estaba muy preocupada —Natalie esperó fuera para tomar un poco de aire. Scotty le hacía compañía. Aprovechó para hablar con él mientras Henry hablaba por teléfono.

—¿Y yo qué puedo hacer? —Le preguntó Scotty.

—¿Terminaste de limpiar la furgoneta?

—Sí, señorita - confirmó con cara de asco —no fue nada fácil quitar esas manchas pero la he dejado como nueva. Encontré esto escondido en el sillón del piloto —le dio una nota con las señas del supuesto comprador.

—Estupendo, se me debió pasar. ¿Y algo más?

—Bueno, y la bolsa de viaje de Denny. La he dejado en la comisaría por si quería echarle un vistazo antes de devolvérsela a la familia.

—Muchas gracias. Algún día serás un estupendo sheriff — Scotty no cabía en sí de gozo. Cooper se había unido a ellos.

—Eso tardará mucho en suceder. No pienso jubilarme todavía — rio —Ve a ayudar a Morrison con el cuerpo y acompáñalo a la clínica. Luego regresa a la comisaría con Eleonor - el chico parecía disgustado.

—Te llamaremos si te necesitamos —añadió Davis consiguiendo animarlo. El chico se marchó contento a ayudar al doctor y ambos agentes subieron al coche para ir a visitar a Nadine Smith, la hija de Arthur.

Cooper condujo hacia la calle principal en dirección a la Plaza Mayor.

—¿Dónde vive la señorita Smith? —Preguntó al ver el camino que seguían —Pensé que las casas estaban únicamente ubicadas en el margen derecho de esta calle.

—Así es. Pero son casi las 5 de la tarde y seguramente Nadine esté en la biblioteca —Davis observaba el pueblo distraída.

—Ha sido impresionante lo que has hecho allí dentro —dijo Henry refiriéndose a como Natalie había representado la escena del crimen.

Natalie le sonrió. Había sido la primera vez desde que había llegado que había sido ella misma y que su don se había manifestado. Esa capacidad por ver la imagen del puzzle completo, había sido la razón de que el FBI hubiese querido contar con ella a pesar de sus notas. Sin duda su relación con Green y tener que afrontar todo aquello sola, habían estado impidiendo ver con perspectiva. No podía permitirse volver a distraerse ahora que conseguía ir por el buen camino. Debía intentar recrear las otras escenas y sin duda así llegaría al asesino.

—Creo que luego podríamos intentar repasar los hechos del asesinato de Denny, tal vez así descubramos alguna cosa — Cooper asintió y detuvo el auto justo junto a la casa de Robert.
—¿Piensas dejarlo aquí?
—A Green no le molestará —Natalie no parecía convencida.

Ambos bajaron del coche, cruzaron la calle y subieron la escalinata que conducía a la puerta de la biblioteca. Las puertas automáticas se abrieron y ellos entraron en el sepulcral lugar. Natalie echó un vistazo por las mesas preguntándose donde estaría Nadine pero a excepción de una anciana y un tipo pelirrojo y encorvado, no había nadie más.

—¿Seguro que estará aquí? —Susurró Davis.

—Sí, está allí. En el mostrador de información —Natalie miró hacia donde le indicaba y lo entendió. Nadine era la bibliotecaria. Se acercaron para hablar con ella.

—Buenas tardes. Soy la agente Davis, nos gustaría hablar con usted. ¿Podríamos hablar en otro sitio?

—Es sobre mi padre, ¿verdad? Lleva todo el día con la historia de que sabe quién es el asesino. Le dije que no les molestara y esperara a que ustedes decidieran hablar con él. Creí que había conseguido convencerlo.

—¿Le contó a usted lo que sabía?

—Por supuesto. No hablaba de otra cosa.

—¿Podríamos hablar en privado? —insistió la agente.

—Por supuesto. ¡Chicos! —Avisó a los ávidos lectores — Estaré en el despacho —ellos la miraron y volvieron a su lectura sin inmutarse.

Los agentes la siguieron a una pequeña oficina que había justo detrás del mostrador.

—Siéntense, por favor. ¿Quieren tomar algo? —
Después de la reprimenda en casa de los Carlson,
Cooper había aprendido la lección.

—No, gracias. No estamos de visita —respondió el
sheriff. Natalie lo miraba con satisfacción.

—Señorita Smith, he de comunicarle una noticia
desagradable. A las 15.30, aproximadamente, su
padre ha sido atacado en la tienda por persona o
personas aún desconocidas ; y ha fallecido.
Lamentamos su perdida y le aseguramos que
haremos todo lo posible para atrapar al responsable.

—¡Oh, no! ¿Pero es cierto lo que dice? - Miró a
Cooper en busca de confirmación.

—Lo siento mucho, Nadine, pero es cierto.

—Sé que es un momento muy duro pero tal vez si
nos contara lo que su padre quería contarnos... —
sugirió Davis tratando de retrasar el duelo de la
joven, en un acto desesperado por conseguir
cualquier pista que detuviera al asesino.

—Por supuesto, pero necesito tomar algo —La joven se levantó de su asiento y se dirigió al archivador. Le temblaban las manos por el impacto de la noticia que acababa de recibir. Del último cajón sacó una botella de whisky y un vaso —¿Quieren? —Cooper dudó pero Natalie fue tajante.

—No, gracias. Estamos de servicio.

—Eso nunca ha sido un inconveniente para ti Henry —rio con histeria. Regresó a su asiento, dejó el vaso en la mesa y abrió la botella. Hizo el intento de llenarlo pero en el último segundo se la llevó a la boca y bebió a morro.

—No puedo creer que ese viejo loco al final tuviera razón —Natalie tomó asiento y Cooper la imitó.

—Al parecer su padre aseguraba saber quién era el culpable de la muerte de Denny.

—Sí... pero... ¿no creerá que estaba en lo cierto?

—No pudo llegar a contarme nada —aclaró Natalie. Una lágrima cruzó la cara de Nadine.

—Volvía de la ciudad y al parecer fue testigo de todo.

—Le agradecería que fuera más específica. ¿A qué se refiere con todo?

—Trataré de hacerlo lo mejor posible —se disculpó de antemano la joven —Volvía de la ciudad después de haber pasado el fin de semana para hacerse con un nuevo cargamento de mercancía. Cuando estaba a unos metros de la ciudad, se cruzó con un bulto en medio de la carretera.

—¿Había algo que le impedía el paso?

—Él solo vio un bulto, que al verlo se asustó y se escondió entre los matorrales. Él juraba que era un hombre pero tenía mucho trabajo pendiente y siguió su camino creyendo que el cansancio del viaje le había jugado una mala pasada.

—¿A qué hora sería eso?

—Pues poco antes de las cinco. Cuando llegó a la tienda. Vio a los Carlson despidiéndose de Denny y le extrañó que le dejaran viajar solo. Él no se había enterado de que el chico se marchaba —Cooper la interrumpió.

—Denny no había dicho nada en el pueblo —quiso aclarar.

—Exactamente —corroboró Nadine —Yo me enteré el domingo por Patrice —trató de retomar la historia —Como le iba diciendo, le extrañó pero siguió trabajando. Aparcó la furgoneta en la parte trasera para descargar parte de la mercancía y allí se encontró a Betty llorando que le explicó lo que ocurría. Mi padre era un buen hombre pero... le incomodaba ese tipo de situaciones así que fue un poco brusco y Betty se marchó bastante enojada. Ya le he dicho que no era mala persona y sintiéndose culpable, la siguió para disculparse pero vio que estaba hablando con Morrison y pensó que ya se le pasaría; así que volvió al trabajo. Iba a contrarreloj porque tenía que visitar el aserradero a las 6 para llevarle las provisiones. El camino es bastante oscuro y casi atropella a un excursionista.

—¿Un excursionista? —preguntó Davis. Los agentes se miraron confusos.

—Sí, dice que no sabe quién porque no le vio la cara. Si le soy sincera podría ser cualquiera. Mi padre tenía mucha imaginación y si vio a un hombre caminando con una mochila, daría por hecho que era un excursionista aunque fuera uno de los chicos del aserradero.

—Después de descargar, ¿qué hizo?

—Tomó el camino que lleva a la biblioteca. Entonces volvió a ver a Betty.

—¿Seguía hablando con Morrison?

—No, con el señor Green —a Natalie no le gustó esa respuesta.

—¿Sabe si Green la acompañó a casa o la hizo pasar a la suya?

—En eso no puedo ayudarle. Mi padre entró a la biblioteca para dejar una serie de libros que le había encargado y necesitaba a primera hora. Le di las llaves para que dejara las cajas. Cuando salió de aquí, ninguno de los dos estaba.

—¿Por qué eran tan importantes esos libros?

—Son para el grupo de teatro. Quieren representar estas navidades la obra de Dickens y me comprometí a que hoy tendrían los ejemplares —al oír la palabra "hoy", Natalie sintió un escalofrío. No habían pasado ni veinticuatro horas y acumulaba dos asesinatos y una víctima de agresión; aquello no podía terminar bien.

—Después de eso ¿regresó su padre a casa?

—Sí, fue a casa a dormir unas horas antes de abrir. Los lunes abre más tarde pero siempre cierra a la misma hora.

—Las 15.30.

—Exacto —la joven trató de contener las lágrimas, sabía que si empezaba a llorar no podría detenerse.

—Después de lo que nos ha contado, no entiendo por qué su padre aseguraba haberlo visto todo.

—Por eso es que le hice desistir. Pensé que se había dejado llevar por su imaginación. Hasta que no se enteró de la noticia de la desaparición de Betty, no dijo nada. Fue entonces cuando comenzó a decir esas cosas raras de que había un asesino suelto que él tenía olfato para esas cosas. Mi padre había sido militar. Estuvo en la guerra pero lo hirieron y le obligaron a regresar. A veces le daba por imaginar conspiraciones y otras historias así que...—la congoja le impidió hablar —si le hubiese hecho caso a lo mejor seguiría con vida —Natalie sabía que aquella mujer no tardaría en derrumbarse, por lo que debía terminar antes de que no tuviera oportunidad.

—¿Qué es lo que él creía? ¿Quién pensaba que era el culpable?

—El tipo del abrigo oscuro. Estaba seguro que es el bulto que vio en la carretera.

—Denny murió en un accidente de coche —recordó la mentira Davis.

—Eso mismo le dije yo, pero insistió en que era una patraña para que la gente del pueblo no se asustara. Estaba seguro que ese tipo era culpable de la muerte de Denny y de la desaparición de Betty.

—Pero si no sabía quién era ¿cómo estaba tan seguro de que sabía quién era el asesino?

—Esa es la otra razón de que no le dejara hablar. No sabía su nombre, ni su cara pero sabía quién era...

—El excursionista —añadió Cooper. Natalie estaba decepcionada pero aun así había obtenido algo de información para rellenar su pared de post-it.

—Gracias por todo. Siento mucho la pérdida. El doctor Morrison la llamará para que pueda despedirse de su padre. Hasta pronto, señorita Smith —Natalie abandonó la habitación mientras Nadine se rompía de dolor y Cooper trataba de consolarla. Davis decidió continuar sin el sheriff.

En la calle, Green la sorprendió esperándola apoyado en el capó del vehículo. Natalie se sobresaltó.

—Hola Robert. ¿Qué haces aquí?

—Os vi antes entrar en la biblioteca y no quise perder la oportunidad de...

—¿Volverme a recordar la cena? —Añadió Natalie. Green rio.

—Así me gusta que aprendas la lección. Seguro que eras la primera de tu clase —bromeó pero Natalie estaba distraída — ¿Te encuentras bien? No pareces tener buen aspecto.

—Ya, todos os empeñáis en decírmelo. Es solo que hoy está siendo un día demasiado largo.

—No me extraña, demasiados contratiempos. No te preocupes esta noche conseguiré que te olvides del trabajo; voy a preparar una cena deliciosa.

—No estoy segura de que sea una buena idea...

—Ya tengo todo preparado. Te prometo que nos iremos a dormir temprano —la pícara sonrisa que acompañó su comentario hizo que Davis se avergonzara —Además, quizás pueda ayudarte.

—¿Ayudarme?

—Ya te dije en una ocasión que puede cambiar el contexto pero la mente humana es igual en todas partes.

—Y tú pareces ser un experto en eso.

—Lo soy. Antes de dedicarme a las antigüedades era psicólogo en la ciudad y daba clases en la Universidad.

—No me habías dicho nada…

—Tampoco preguntaste. Oye tengo que hacer unas cosas todavía. ¿Quedamos a las 8?

—Perfecto pero no te vayas todavía. Esperemos a Cooper. Tengo que hacerte unas preguntas con carácter oficial —la manifestación de Davis parecía desagradar a Green que gesticuló como si hubiese olido pescado podrido.

—De acuerdo, agente. No seré yo quien se interponga en su investigación.

Capítulo XV

Meyer pateaba con todas sus fuerzas la rueda de la furgoneta que se acababa de pinchar.

—¡Maldita sea! ¿Cuánto nos retrasará esto? —Gritó a Joe.

—Señor, no tenemos rueda de repuesto así que...

—Es lo más estúpido que podía pasarnos. Tenemos dos furgonetas de última generación totalmente equipadas para afrontar cualquier clase de crimen y no tenemos una jodida rueda de repuesto.

—Así es —Joe era una persona bastante pausada, no se dejaba llevar por sus impulsos y sabía controlar sus emociones; eso lo había convertido en el agente perfecto para realizar interrogatorios pero en ese momento, Meyer deseaba patearle el trasero.

—He llamado a asistencia en carretera. Llegarán cuanto antes para sacarnos de aquí —informó Jessica. Meyer pareció calmarse con la noticia.

—Solo quiero llegar y pillar a ese tío. Ya van dos muertes y casi una tercera. No quiero ninguna más —el corazón le dio un vuelco al pensar que pudiera hacerle algo a Natalie.

—Hasta que no lleguemos allí no sabremos exactamente qué es lo que ha pasado - zanjó Brandon.

—Lo bueno es que tras la muerte de Smith tenemos un sospechoso menos —dijo Joe.

—Está claro que alguien está jugando con esa gente. Nadie ve nada, nadie sabe nada… o se esconde o están tan acostumbrados a su presencia que no lo sienten como una amenaza.

—Eso se aplica a los tres sospechosos. Un funcionario de correos, un médico y un anticuario.

—Lo extraño es que no hayamos encontrado nada sobre Robert Green.

—Tal vez, no buscamos correctamente —dijo Jessica. Todos la miraron con recelo —Nos centramos en Village Street pero puede que si ampliamos el campo de búsqueda...

—¿A qué esperas? —Le dijo Meyer con la intención de que subiera a la furgoneta a comprobar datos en el ordenador. La agente hizo lo que se esperaba.

—El padre de un amigo restaura muebles antiguos. Es su hobby desde que se jubiló. Voy a llamarlo a ver si le suena ese nombre —Unió la palabra al hecho y Joe se apartó del grupo para telefonear.

—¿Alguna idea más? —preguntó Jack.

—Voy a comprobar las fechas de los asesinatos con la de conferencias sobre medicina. Sigo pensando que ese Morrison es culpable —Olivia subió a la otra furgoneta.

—Si quiere puedo hacer algunas llamadas pero no le garantizo que vaya a conseguir nada —añadió Brandon.

—Haga lo que sea. Yo voy a volver a avisar a los de asistencia en carretera —todos parecían ocupados.

Todos comenzaban a preocuparse por Natalie. Si el asesino se sentía amenazado, no dudaría en matar y ella era la candidata perfecta.

Pasado un rato todo el equipo estaba reunido informando a Meyer.

—No he encontrado nada sobre un anticuario llamado Robert Green en todo el país. Pero he revisado los congresos de médicos y hace dos meses hubo uno en Atlanta donde encontramos uno de los cuerpos —dijo Olivia.

—Estupendo. Eso es muy interesante. Intenta averiguar dónde durmió Morrison y si pueden darte alguna pista sobre sus movimientos.

—Yo no he encontrado nada sobre Green pero Jerry Hudson, el capataz del aserradero, tiene antecedentes por agresión a varias mujeres. Al parecer cuando bebe se le va la mano — informó Jessica.

—Habrá que hablar con él cuando lleguemos. ¿Algo más? — quiso saber Meyer. Joe no podía dejar de sonreír.

—He hablado con mi amigo que me ha dado el número de su padre y este me ha dicho que hace dos meses trató con un tal Robert Green. Coincidieron en una subasta en Atlanta de una casa que habían embargado y los nuevos dueños querían deshacerse de los muebles. Estuvieron toda la tarde juntos y dice que le causó muy buena impresión.

—Hace dos meses en Atlanta —repitió en voz alta Meyer — Coincidió con Morrison. Cuando lleguemos vamos a tener que hacer muchas preguntas.

—¿Llamo a Natalie para contárselo? —Sugirió Brandon.

—No —respondió tajante —Pronto llegaremos a Village Street —dijo señalando a la grúa de asistencia en carretera que se divisaba a lo lejos.

En poco más de 2 horas llegarían por fin al pueblo.

Capítulo XVI

Cooper cruzó la puerta, cabizbajo y visiblemente afectado. Natalie se acercó para darle las indicaciones oportunas.

—Sé que no es fácil tener que dar malas noticias a gente que aprecias y con la que tienes vínculos. Pero tenemos que seguir trabajando —Henry asintió —Quiero que interrogues a Green.

—¿Yo? —dijo extrañado.

—Desde que he llegado se ha convertido en algo parecido a un amigo. No seré objetiva si hago yo las preguntas.

—Lo comprendo. ¿Qué quiere que le pregunte?

—Acérquese para que no nos oiga —Davis le susurró al sheriff todo lo que necesitaba saber.

Robert los miraba con desagrado. Le ofendía tener que ser interrogado como un común criminal. La pareja de agentes se unieron a Green que había esperado sentado todo el tiempo en el capó del auto.

—Buenas tardes, señor Green —saludó Cooper — nos gustaría hacerle unas preguntas.

—Espero poder ayudarles —respondió Green con sequedad.

—Cuéntenos cómo se puso en contacto con usted el comprador de la furgoneta de los Carlson.

—Ya le contesté a esa pregunta.

—Podría repetirlo para que lo oiga la agente Davis —Green estaba indignado y evitó mirarla durante todo el interrogatorio.

—Debido a la avería de mi auto, no pude ir a la ciudad como tenía planeado a gestionar mis asuntos.

—¿Qué asuntos?

—Iba a comprar algunos muebles a un tipo de Nashville. Su mujer había fallecido y quería deshacerse de ellos.

—¿Cómo contactó con el comprador de la furgoneta?

—Comprobé mi correo para avisar de que mi viaje tenía que posponerlo y tenía un email diciéndome que le habían hablado de mí en la ciudad y que si me dedicaba al mundo del motor. Le dije que no, pero que si me decía lo que necesitaba y llegábamos a un acuerdo económico, podría intentar ayudarlo.

—¿Qué buscaba exactamente?

—El mismo modelo que la vieja furgoneta de los Carlson, una Volkswagen Tipo 2 de 1975. Es un apasionado del motor y se dedica a buscar chatarra para arreglar, o eso me dijo.

—¿Cuánto dinero le prometió?

—Si conseguía que se la vendieran por 4500 dólares, me daría 1200 a mí.

—¿Y a Denny le pareció bien?

—A Denny no le conté eso. Le dije que le daban 4500 dólares por la furgoneta. Me dijo que no aceptaría menos de 5000, porque estaba bien de motor pero por fuera era una tartana. Accedí. Le dije al comprador que pagaría 4500, con la idea de darle los 500 restantes al chico de mi parte.

—¿Podría darnos la dirección del comprador?

—Aún tengo que buscar mi agenda. He ordenado todo el taller para encontrarla y no he tenido suerte —ante la actitud obstinada de Green hacia ella por hacer su trabajo, Natalie evitó decir que ya tenía ese dato.

—¿Dónde estaba a las 5 de esta mañana?

—Tenía intención de llevarle a Denny el dinero antes de que se marchara pero mi despertador no sonó. Cuando salí a la calle serían cerca de las siete. Me encontré con Betty y me dijo que Denny ya se había marchado. Estaba bastante disgustada. Smith había sido brusco con ella y Morrison se había empeñado en solucionarlo con pastillas. La hice pasar a tomar una infusión para que se calmara. Estuvimos charlando casi una hora. Cuando vio la hora se marchó a toda prisa porque quería darse una ducha antes de trabajar.

—¿Esa fue la última vez que la vio?

—Sí, señor.

—¿Qué hizo esta mañana?

—Pues trabajar en el taller hasta que el griterío de la gente me hizo salir; me dijeron lo que sucedía. Fui a la clínica y allí escuché como la agente —dijo remarcando esta palabra sin girar la cara hacia Natalie —informó sobre la reunión en el ayuntamiento. Volví al taller hasta que fue la hora. Estuve allí y me apunté en un grupo de búsqueda. Pero eso ya lo saben porque ambos me vieron.

—No se ofenda por las preguntas. Es algo rutinario.

—Ya...

—¿Hoy fue a comprar a la tienda de Smith?

—Sí, tenía que comprar algunas cosas para la cena de esta noche.

—¿Espera visita? —Quiso saber Cooper. Natalie se sonrojó.

—Esperaba —aclaró Robert. Davis parecía ofendida.

—Creo que eso es todo lo que necesitábamos saber — concluyó la agente Davis, incómoda por la actitud de Robert —Será mejor que continuemos con nuestras cosas.

—Vuelvo al taller. Si quieren algo ya saben dónde encontrarme - Robert se dio media vuelta sin intención de escuchar nada más que viniera de los agentes. Davis estaba disgustada. La pareja subió al coche.

—¿Lo he hecho bien? —Preguntó entusiasmado Cooper.

—Ni un agente del FBI lo hubiese hecho mejor.

—¿Irás a cenar con Green esta noche? —Preguntó Cooper.

—¿Pero cómo…? —Natalie parecía confundida.

—Debes practicar más tu cara de póker —Davis dirigió su mirada al suelo —¿Y ahora qué? —quiso saber Henry para cambiar de tema.

—Deberíamos hablar con Melvin por si ha visto algo. Y me gustaría revisar mis notas.

—Natalie, son las 6.30 pasadas y pronto oscurecerá. No tienes buen aspecto. ¿Por qué no vas a la comisaría, te das una ducha y duermes un poco? Pronto llegará tu equipo y querrán que los pongas al día de todo. Smith no va a ir a ningún sitio y Melvin estará aquí mañana.

—Ha sido un día demasiado largo. Tal vez tengas razón pero cuando llegue mi jefe quiero impresionarle antes de que descubra que he perdido el maletín.

—No te preocupes, no dejaré que nadie se atreva a gritarle a ninguna compañera mía —dijo Cooper para animarla. Natalie sonrió emocionada, por primera vez en mucho tiempo, sentía que alguien la apreciaba por su trabajo.

—Tú ganas.

Capítulo XVII

Eleonor les dio la bienvenida con una enorme sonrisa. Scotty charlaba amigablemente con Melvin. Cooper los saludó con la mano y les informó de que esperaran en su despacho mientras hablaban con Melvin. La seriedad de su rostro, más por cansancio que por otra cosa, hizo que se marcharan sin hacer ningún comentario. El cartero los miraba avergonzado.

—No estoy seguro de si servirá de algo —quiso disculparse Melvin.
—William no debes preocuparte, cualquier detalle por insignificante que parezca puede dar lugar a una nueva información que nos ayude con todo este asunto —añadió Natalie mientras Cooper le ofrecía una silla y los tres tomaban asiento.

—Willy, no sé si sabrás que Arthur ha fallecido —informó el sheriff.

—Lo sé, Eleonor me lo ha contado —mantenía el rostro impertérrito.

—Ya sé que estuvimos hablando sobre lo ocurrido con Denny pero ¿recuerda algo que pueda llevarnos hasta el culpable? —formuló Davis, retomando la conversación.

—¿La persona que tuvo el accidente con Denny también es el culpable de la muerte de mi amigo?

—Eso creemos —respondió Natalie.

—Arthur siempre fue bueno conmigo. A pesar de mis manías…

—Sé que era muy importante para ti, por eso, si pudieras hacer un esfuerzo por recordar —insistió Cooper.

—¿Y la pequeña Nadine?

—Ya he hablado con ella, no debes preocuparte —informó el sheriff.

—Creemos que Arthur murió porque sabía quién era el tipo que estamos buscando. Llevaba algo oscuro y parecía un excursionista —Davis trató de ayudarlo.

—Vi a Denny y a los Carlson, a Morrison y Smith. También vi a Betty, pero si alguien más se paseó por mi tienda, yo no lo vi.

—Está bien Melvin. ¿Entonces qué es lo que le ha traído hasta aquí? —Natalie sabía que no obtendría nada nuevo y forzarlo más solo serviría para ponerlo más nervioso y hacer que acabara confundiendo lo que realmente había visto con lo que ellos querían ver.

—La mujer de Hudson vino a mi tienda a decirme que acudiera a la reunión del ayuntamiento. No tenía intención, sabía que estaría todo el pueblo y ya le dije que no estoy cómodo. Aun así cerré la oficina y…

—Vamos, continúe —animó Davis.

—Alguien había dejado en la parte trasera de mi tienda una carretilla que no era mía. Es una tontería pero como insistió que le contara cualquier cosa.

—¿Una carretilla? —La mirada de Natalie brillaba emocionada. Podía tratarse de la que habían usado para trasladar a Betty —¿Dónde está ahora?

—La guardé en mi almacén por si alguien la había olvidado.

—¡Estupendo! Ha hecho bien en venir a contárnoslo. Ahora váyase a casa y duerma tranquilo. Mañana iremos a buscarla.

Cooper lo acompañó a la salida y luego informó a Eleonor y Scotty de que podían abandonar su oficina.

—Ya va siendo hora de volver a casa- declaró el sheriff mientras bostezaba.

—Ha sido un día duro y largo, creo que va siendo hora de que te tomes un descanso —dijo Natalie.

—Scotty hoy te tocará hacer guardia a ti —anunció Cooper.

—¿Solo? —Preguntó gratamente sorprendido.

—Hoy has hecho un buen trabajo, no lo estropees —aconsejó Henry.

—¡No, señor!

—Natalie dejaré el teléfono junto a la almohada por si me necesitas cuando llegue el FBI.

—Gracias Henry.

—Ahí tenéis las sobras de esta mañana, pero si queréis puedo cocinar alguna cosa —comunicó Eleonor.

—Podría hacernos... —trató de pedir Scotty pero Cooper lo calló con una colleja.

—Hasta luego, chicos —dijo el sheriff llevándose a rastras a su mujer y dejando solos a Davis y Scotty —Eleonor vamos a casa. Estoy muy cansado.

Scotty se afanaba en ordenar su mesa mientras Natalie permanecía de pie, observando la puerta por donde se había marchado el matrimonio, pensando en la conversación con Green.

—¿Qué le apetece hacer, señorita? —dijo el ayudante sacándola de sus divagaciones.

—Voy a darme una ducha antes de revisar mis notas — respondió Natalie al tiempo que se dirigía a abrir la puerta de su oficina. Scotty parecía decepcionado. En su interior deseaba pasar un rato a solas con Davis.

La agente sacó la llave de entre sus pechos y la introdujo en la cerradura; sintió como el pulso se le aceleraba, temía hallar un nuevo desastre tras la puerta. Se equivocaba, todo estaba tal como lo había dejado. Cogió su neceser y ropa limpia, y salió volviendo a cerrar con llave. Pidió a Scotty indicaciones sobre dónde podía asearse; el chico le señaló que al final del pasillo, justo al lado del pequeño calabozo que apenas había sido utilizado, existía un minúsculo vestuario que contaba con ducha.

El vestuario estaba formado por dos taquillas, un banco de madera y una ducha. Un lugar claustrofóbico pero realmente limpio. Se deshizo de la ropa que llevaba y se colocó bajo el grifo. Cuando sintió el agua caliente resbalar por su piel, con los ojos cerrados, creyó estar muy lejos de allí. Todas las preocupaciones y temores parecían escaparse por el desagüe mientras se enjabonaba. No deseaba salir de allí, no quería tener que revivir una vez más todo lo sucedido, ni siquiera tenía fuerzas para enfrentarse con Meyer. El agua comenzó a cambiar de temperatura y supo que la realidad no iba a dejarla marchar fácilmente. Cerró la llave de paso y se aferró a su toalla.

Se sentó en el banco y trató de recuperar las ganas de continuar. Tras varios minutos allí sin hacer nada, manteniendo la mente en blanco, descubrió entre sus ropas la nota que Scotty le había dado con las señas del comprador de la furgoneta de los Carlson. Recordó la primera vez que conoció a Betty con su imperfecta hilera de dientes y su atención puesta en Green. "Pobre Betty..." pensó; debía hacer un último esfuerzo por ella. Ya nada podía hacer para remediar las muertes de Denny y Smith pero no podía permitir que el asesino volviera a atacar. Tiró la toalla al suelo y se enfundó en unos pantalones negros muy ajustados. Se puso una camiseta blanca con topitos negros y escote en V, y sus botas también oscuras. Estiró su pelo, aun húmedo, y lo recogió en un moño bajo. Debía revisar cuanto antes sus post-it y rellenar los huecos con la información nueva. Sabía que en su pared se escondía el nombre del asesino y no iba a dejarlo escapar. Recogió el vestuario y salió a toda prisa hacia su oficina; con tanta rapidez cerró la puerta tras de sí, que a Scotty no le dio tiempo de avisarla de que acababan de llamarla. Natalie vio que la pantalla de su teléfono parpadeaba y lo sostuvo en sus manos para averiguar quién la había llamado.

Meyer y Green la habían telefoneado. Llamó primero a Green.

—Green al habla.

—Hola... —dijo tímidamente Natalie.

—¿Aun te sigue apeteciendo venir a cenar? Sé que he sido un estúpido pero...

—¿Nos vemos en media hora? —zanjó con premura.

—Estupendo. Nos vemos a las 8.

Natalie colgó y comenzó a contemplar su pared. Añadió algunas notas más con los datos proporcionados por Nadine y con las afirmaciones de Robert. Cerró los ojos y en su mente comenzó a recrearse la escena como si de un film sobre lo sucedido se tratara. Pero esta vez no era Denny, ni Betty ni Smith; en aquella ocasión se había convertido en el asesino de Village Street.

"Gracias a Betty se había enterado que Denny se marchaba de la ciudad. Jugó las cartas necesarias para que el chico viajara solo y consiguió su propósito. Se escabulló mientras todos dormían para esperar a su víctima en el camino de tierra. A punto estuvo de ser descubierto por Smith pero sus reflejos lo salvaron al esconderse entre los arbustos. En cuanto Denny lo vio lo reconoció y paró el auto para recogerlo. Casi dispuesto a subir y manteniendo la puerta abierta, usó alguna excusa para conseguir que Denny cambiara al lugar del copiloto. Aprovechó que este estaba distraído y le cortó la yugular. Subió a la parte del piloto y trasladó la furgoneta hacia el bosque, lo suficientemente lejos de la carretera. Denny aún tenía un aliento de vida cuando lo arrastró desde atrás entre los dos asientos principales para arrancarle la piel de las extremidades y llevarse su hígado como trofeo. Cuando hubo terminado, se llevó su botín y tomó el camino del río hasta llegar al aserradero donde una vez más se cruzó con Smith. Siguió a paso ligero hasta llegar a la carretera que separa la biblioteca de la casa de

Green y vio a Betty. En esta ocasión no pudo ocultarse y..." los huesudos nudillos de Scotty llamaban a su puerta.

—¿Señorita Davis? —el ayudante le hablaba a la puerta - Jack Meyer ha dicho, repito palabras textuales: ¿Qué coño está haciendo tan importante para no cogerme el puto teléfono? ¡Pienso suspenderla si no me llama en los próximos cinco minutos! —Natalie abrió la puerta de inmediato.

—Tengo que hacer algo muy importante —apartó de un empujón al muchacho y de su mesa, tomó un bolígrafo y apuntó unas líneas —Llámalo dentro de veinte minutos con mi móvil y dile esto —le entregó la nota. Scotty leyó y palideció.

—¿Está segura? Creo que lo mejor es que lo llame cuanto antes y se lo diga usted misma.

—¡Scotty! ¿Quieres ser un auténtico agente de la ley? — Preguntó retóricamente —¡Pues reúne valor y deja de tener miedo! Si una bala lleva tu nombre no importa lo mucho que te escondas, te alcanzará

—dijo recordando el episodio de la gasolinera.

Natalie dio media vuelta y dejando allí su móvil y todas sus cosas, incluyendo su arma, se dirigió a su cita con Green. Ya lo había perdido todo, así que no iba a consentir que nadie le arrebatara aquel momento.

Capítulo XVIII

Eran las 20.12 cuando Natalie llegó al taller de Green. Golpeó varias veces en la puerta y tuvo tiempo de merodear alrededor del edificio hasta que por fin Robert apareció para abrirle.

—Siento haberte hecho esperar, pero no podía dejar la cena en el fuego.
—No te preocupes —Robert la hizo pasar al taller — ¡Vaya sí que pusiste patas arriba este sitio! Está todo perfectamente ordenado. ¿Encontraste las señas?
—Sí, aquí tienes. Entre tanto caos no era fácil encontrar nada - Natalie guardó el papel dentro de su puño y observó todo el lugar —Vamos arriba, la cena se enfría.

Natalie lo siguió de cerca. Era la segunda vez que estaba en aquel lugar y no lo recordaba. La planta superior estaba dividida en dos partes. La primera parte era una cocina-comedor y la segunda un habitación con un reducido baño.

—Es un sitio muy acogedor —añadió mientras se sentaba a la mesa. Robert emplataba la comida.

—Tuve suerte de que este local estuviera libre.

—¿De quién era antes?

—Del señor Henryson. Era carpintero. Abajo tenía el taller y aquí arriba el almacén. Cuando llegué al pueblo y hablé con el alcalde solo me pudo ofrecer esto.

—¿Lo arreglaste tú mismo?

—Sí, se me dieron bien las herramientas desde pequeño.

—¿Por eso decidiste dejar de ser psicólogo?

—No, es algo más complicado —se puso serio y le dio la espalda a Natalie para sacar algo del frigorífico. La agente aprovechó para comparar la nota que le había dado Green y la de Scotty. La letra coincidía, Natalie sonrió con triste satisfacción. Guardó de nuevo las señas antes de ser descubierta.

—¿Te encuentras bien? —Quiso saber Green —Te noto distraída.

—Ha sido un día duro, ¿sabes? No es fácil investigar un doble asesinato y una agresión —la joven sintió que estaba hablando demasiado y se disculpó —Perdona, no es un tema agradable para tratar en una cita.

—No debes preocuparte, son muchas emociones para un solo día. Si necesitas hablar puedes contar conmigo, soy un experto en la mente humana.

—Es cierto, me lo dijiste la noche que cenamos en casa del alcalde.

—El sábado.

—¿Perdona?

—Lo dices como si hicieran semanas y fue hace dos días.

—Tienes razón. Han pasado tantas cosas desde entonces...—la cara de Natalie reflejaba decepción.

—No me gusta verte así. ¿Qué te parece si tomamos una copa? - Sugirió Green. Natalie asintió y le tendió su copa para que la llenara —Pruébalo. Es un vino delicioso —Natalie saboreó el tinto y estuvo de acuerdo.

—Es realmente bueno. ¿Lo trajiste de uno de tus viajes a la ciudad?

—No, este vino es importado de España. Smith me lo reservó para esta noche —el gesto de Natalie no mostró alterarse aunque su mente sabía que esa era la misma botella que había comprado el asesino.

—No debías haberte tomado tantas molestias. Seguro que te ha costado carísimo.

—No, Smith me debía dinero de algunos arreglillos así que fue un regalo —Davis no sabía si podía fiarse de él y decidió arriesgarse y seguir el propio consejo que le había dado a Scotty.

—Encontramos pruebas de que el asesino de Smith también se llevó una botella de este vino —pero él no se inmutó.

—Pobre Smith, Nadine me lo contó cuando os marchasteis... estaba destrozada.

—Fue muy duro hablar con ella...—Robert dejó lo que hacía y se acercó para abrazarla. Natalie se sentía culpable al permitirle que la rodeara entre sus brazos mientras desconfiaba de cada una de sus palabras —Nadine nos contó que Smith sabía quién era el asesino —Green se apartó de ella sin mostrar ningún sentimiento al respecto.

—Será mejor que te traiga la cena para que dejes de pensar en el trabajo —colocó los platos perfectamente decorados con salsa de patatas, tiras de zanahorias y guisantes.

—Eres una caja de sorpresas. ¿También eres un experto cocinero?

—Algo así... mi mujer era una apasionada de la cocina, y acabó por transmitirme ese amor.

—¿Hace mucho que falleció?

—¡Vaya! Te había infravalorado, al parecer sí que usas esa cabecita. Murió ocho meses antes de mudarme a Village Street.

—¿Esa fue la razón que te trajo aquí?

—No es tan interesante como la tuya… pero sí, en parte fue por ella —¿A qué esperas para comer?

—¿Es ternera?

—No —dijo contundente. Natalie tomó un bocado.

—Está realmente buena —Davis sentía que sus sentimientos estaban interfiriendo en su trabajo. Decidió confesarse — Mañana volveré a la ciudad. Mi jefe no está contento con cómo lo he hecho y aún no sabe que perdí el maletín con todas las pruebas.

—Siento mucho que las cosas tengan que acabar así. Nunca pensé cuando desayunamos juntos que…

—No digas nada más —interrumpió Davis.

—Tienes razón. Acábate la cena, voy a buscar al taller algo que tengo para ti.

Natalie no podía apartar de su mente toda la investigación. Colocó su codo sobre la mesa permitiéndole apoyar su mejilla en la mano. Se adormeció y regresó a la reconstrucción de la historia que Scotty había interrumpido.

"Betty se asustó al ver la sangre y aunque en un primer momento quiso socorrer a su vecino, algo la asustó y la hizo retroceder; pero no tuvo oportunidad de huir, su agresor la sujetó y la llevó con él. La única razón de no haberla matado como al resto era que ¡no le había dado tiempo! Había tenido que regresar al pueblo para seguir desempeñando su papel. La había golpeado dejándola inconsciente para que no gritara dándole la oportunidad de poder trasladarla sin peligro de ser descubierto. Betty era menuda y bajita, así que pudo esconderla con facilidad en una carretilla aprovechando que en el aserradero estaban almorzando. El asesino conocía perfectamente el horario del aserradero porque..."

Los ojos de Natalie se abrieron como platos. Se puso de pie inmediatamente haciendo caer la silla en la que estaba sentada. Green acababa de regresar y la observaba confundido.

—¿Te encuentras bien? ¡Estás pálida!

—Ha sido un error venir con tanto trabajo por hacer.

—Anda, siéntate y cuéntame la verdad. No eres muy buena mintiendo —sugirió Robert mientras dejaba en la encimera un lapicero que había tallado para ella. Davis ya no tenía ninguna duda al respecto y así lo manifestó.

—Sé quién es el asesino de Village Street.

Capítulo XIX

Betty seguía durmiendo. Su madre había sustituido a Cécile en la vigilancia mientras la enfermera atendía a un paciente y Morrison se encargaba de la autopsia de Smith. De repente los gritos de la madre de Betty alarmaron a los presentes. Morrison se deshizo de guantes y bata, y se presentó en el acto junto a la cama de Betty.

—Se ha despertado y quiere hablar con la agente Davis. No deja de repetir lo mismo una y otra vez —explicó la señora Walker amedrentada. Morrison pidió que los dejaran solos. Le dio un poco de agua a Betty y se sentó a los pies de su cama.

—Necesito que respires lentamente y hables de manera pausada. Has pasado por una situación traumática, además la operación ha sido bastante complicada.

—No... no siento la pierna doctor - Morrison no dijo nada — ¿Me ha oído? ¡Le he dicho que no siento la pierna! —gritó Betty, mientras empezaba a llorar y a apartar las sabanas para ver lo que sucedía —Mi... pierna —ocultó su cara tras sus manos dejando paso a sus lágrimas.

—Haremos todo lo posible para que vuelvas a andar. Aunque tenga que costearlo de mi propio bolsillo.

—¿Haría eso por mí?

—Betty, hace tiempo hice cosas de las que no estoy orgulloso. Esta es mi oportunidad de resarcirme.

—¡Oh, gracias, muchas gracias!

—Pero ahora necesito que me cuentes todo lo que recuerdes antes de llamar a la agente Davis.

—¡Hay que avisarla cuanto antes! Ella podría ser la siguiente.

—Natalie sabe defenderse sola. Vamos, cuéntame lo que sucedió.

—Cuando me encontré con él, pensé que estaba herido porque estaba lleno de sangre. Luego vi la bolsa verde y creí que había ido de caza. No sé qué fue lo que dije que se puso nervioso; lo siguiente que recuerdo es estar en un lugar oscuro que olía muy raro y todo estaba pringoso. Me dolía muchísimo la pierna y al tocármela sentí que faltaba un trozo —Betty contaba su desgarradora historia sin dejar de llorar —Al principio pensé que me había atacado un animal salvaje pero NO.

—Encontré un exceso de la medicación que te receté en tu sangre. ¿Abusaste del fármaco que te di para dormir?

—¡No! Yo no quería tomar esas pastillas. Se lo dije a él y pareció conforme pero ¡me mintió! Seguro que me hizo tomarlas sin que yo me diera cuenta. ¡Fue él!

Betty comenzaba a rozar la histeria. Sus lamentos obligaron a Cécile a entrar en la habitación con una inyección para que se relajara. Con una mirada preguntó al médico si debía ponérsela, este asintió mientras sujetaba a la chica. Rápidamente, hizo efecto. Se acercó a ella e hizo su pregunta antes de que Betty volviera a dormirse.

—¿Quién te hizo esto Betty? Dime su nombre —ella se agarró a su cuello y se lo susurró al oído, justo después entró en un profundo sueño. Morrison no podía creer lo que acababa de oír.

—Rápido Cécile, traiga mi teléfono antes de que haya otra muerte en Village Street.

Capítulo XX

Robert pareció no oírla. Apartó la silla que él ocupaba y se sentó.

—No esperaba menos de ti. Debes aprender a no dejar que lo superfluo impida que te centres para lograr ver la imagen completa. ¿Y qué piensas hacer ahora?

—Pronto llegará mi equipo y ellos asumirán la situación. Creo que debo dejar que sean ellos los que continúen con el caso.

—Me parece correcto. Ojalá nos hubiéramos conocido en otras circunstancias. ¿Te marcharás de inmediato?

—Tan pronto como mi jefe me deje ir. Supongo que primero tendré que darle algunas explicaciones y soportar su reprimenda.

—No creo que le haga mucha gracia saber que hemos estado juntos. Solo quiero que sepas que a pesar de todo, yo sí me he enamorado de ti. Y una parte de ti sabe que tú también sentías algo por mí, aunque ahora te sea más fácil negarlo —Davis continuaba toda la conversación de pie y sin intención de bajar la guardia.

—Ahora ya eso no importa —los dos guardaron silencio. Natalie levantó la silla del suelo sin dejar de mirarlo. La colocó alejada de la mesa, a una distancia que le permitiera afrontar aquella situación con seguridad. Davis tomó asiento — No me has preguntado por el nombre del asesino.

—Se hacen preguntas para saber lo que se desconoce —Green apartó su mirada y añadió - No soportaría oírlo de tus labios.

—Ni siquiera tienes curiosidad por saber cómo lo he descubierto.

—Tengo más curiosidad por saber cómo te has sentido.

—¿Vas a recordar viejos tiempos haciendo de psicólogo para mí?

—No es agradable sentirse engañada —manifestó Green con la intención de que Natalie se desahogara.

—Me siento una estúpida por haber confiado en gente que no debía y por haber dejado que mis sentimientos se interpusieran a mi trabajo.

—No eres una máquina. Y nunca hubo indicios de que estuvieras confiando en la persona equivocada.

—Creí que había encontrado a alguien que podría llegar a ser importante en mi vida y resulta que toda mi estancia en este pueblo ha sido una mentira.

—Cada beso que te he dado ha sido de verdad.

—¡Basta! —gritó Natalie.

—Tienes razón —se tomó unos minutos para pensarlo y lo dijo —Voy a hacer algo por ti. Voy a darte la exclusiva oportunidad de atrapar a... —no pudo decirlo.

—Un asesino —Davis completó la frase con odio.

—Así cuando vuelvas a casa serás reconocida por haber capturado al asesino de Village Street. Hoy es tu día de suerte pero solo pongo una condición.

—No me interesa la fama ni la gloria.

—Lo sé. Pero te gusta lo que haces y no quieres que te manden al banquillo. Te ha costado mucho llegar a donde estas, ¿no es así?

—No necesito que me psicoanalices.

—Te prometo que no habrá ningún truco.

—¿Cuál es tu condición?

—Que seas tú la que me pregunte a mí "quién es el asesino de Village Street" —Natalie no entendía aquel juego. Ella ya sabía quién era el culpable.

—¿Qué gano a cambio?

—Una confesión firmada y la garantía de mantener tú puesto de trabajo.

—¿Y tú qué ganas?

—La satisfacción de que de todo esto, haya salido algo bueno—Davis sopesó la situación. En cuanto Meyer llegase la despediría. Después del duro entrenamiento, de la rehabilitación tras su disparo, de las noches interminables sin dormir...

—Acepto. Pero con una condición...

—Acepto.

—¿Sin saber cuál es?

—Sea lo que sea te lo mereces.

—No quiero que nadie sepa que nos hemos acostado.

—Eres una buena chica y la mentira acabará por quemarte por dentro.

—Se lo contaré a Meyer pero no quiero que nadie más se entere.

—Haz la pregunta. Ya te he dicho que aceptaba el trato — insistió Green. Davis respiró profundamente con todas sus ganas y deseó con todas sus fuerzas haberse equivocado.

—¿Quién es el asesino de Village Street?

—Mark Jones.

Capítulo XXI

Scotty se paseaba por la comisaría sin saber qué hacer. Sabía perfectamente cuál era la respuesta a la pregunta de si quería ser un auténtico agente de la ley, pero tenía dudas de que serlo supusiera seguir un plan del que no estaba seguro que fuera una decisión acertada. Se restregaba las palmas de las manos contra su pantalón, sudorosas a causa de los nervios. Su vaivén comenzaba a provocarle dolor de cabeza. Descolgó el teléfono y se mantuvo unos minutos oyendo la señal que indicaba que estaba operativo; ya solo le quedaba teclear el número de teléfono. Optó por colgar. Pero ¿y si le ocurría algo a Davis? Eso jamás podría perdonárselo. De nuevo descolgó, aunque en esta ocasión sí hizo su llamada.

—Meyer al habla.

—Señor Meyer, soy Scotty.

—¿Quién?

—Scotty O' Brian, el ayudante de sheriff.

—...

—Village Street.

—¿Natalie está bien?

—Por eso le llamaba. Me preocupa que pueda pasarle algo.

—Vamos, chico, no te andes por las ramas. Cuéntame que es lo que sucede —añadió Meyer con desasosiego.

—Le di su recado tal como me pidió y ella me ha dejado una nota para usted que me inquieta.

—Léemela.

—¿Cuándo piensas dejar de ser un capullo?

—¿Cómo dices?

—Es la nota, señor. Dice: "¿Cuándo piensas dejar de ser un capullo? Para tu sorpresa, creo saber quién es el asesino. Lo habré detenido antes de que llegues" Eso es todo, señor.

—¿Dónde ha ido la agente?

—Eso es lo que me preocupa. No sé dónde está pero donde haya ido, lo ha hecho sola. ¿Debería avisar al sheriff?

—¡Por supuesto! Tenéis que encontrarla antes de que haga una tontería. No sabemos cuál será la reacción de ese tipo. ¿Te ha dicho de quien sospechaba?

—No, señor. Estaba repasando sus notas y de repente salió huyendo de la comisaría.

—Nosotros llegaremos en unos 40 minutos. Espero por tu bien que cuando llegue no haya una nueva víctima porque me encargaré personalmente de que tú seas el siguiente —Jack colgó dejando a Scotty completamente asustado.

Inmediatamente, el joven trató de contactar con el sheriff pero su teléfono comunicaba. Decidió entrar en la oficina que habían improvisado para Davis con la intención de encontrar alguna pista. Sobre la cama el móvil de Natalie parpadeaba; Scotty alzó la vista para ver quien llamaba. Meyer parecía realmente preocupado por ella; demasiado para ser un simple jefe. Scotty dejó que siguiera llamando mientras el vibrador hacía que el móvil se tambaleara. Lo ignoró por completo y comenzó a leer las notas que colgaban de la pared. Trató de imitar a Natalie e inventar un perfil que le llevara hasta el auténtico. Se sintió tan ridículo y le resultó tan inútil que desistió y volvió a releer las notas.

Todo aquello le recordaba a un juego de mesa en el que a medida que se avanzaba por el tablero había que averiguar quién era el asesino, como había matado a la víctima y qué había utilizado para acabar con su vida. El asesino debía tener un buen pulso y estar acostumbrado a usar herramientas cortantes por la perfección con la que había arrancado la carne de las extremidades. Debía ser alguien que no levantara sospechas. Debía ser alguien robusto para estrangular a Smith. Debía... El teléfono de la comisaría comenzó a timbrar. El ayudante salió raudo a descolgar el aparato.

—Comisaría de Village Street.

—Scotty, ¿dónde está Natalie? —preguntó el sheriff.

—No lo sé, salió hace un rato y aún no ha vuelto.

—¡Maldita sea!

—¿Qué sucede?

—Acaban de llamarme de la clínica, Betty ha despertado y ha dado el nombre de su agresor.

—¿Es el doctor Morrison?

—¡Claro que no! ¡Qué estupidez es esa!

—Estaré allí en cinco minutos. Tenemos que encontrar a Davis —Cooper colgó y Scotty volvió a mirar la pared llena de post-it. Estaba decepcionado por no haber hallado la respuesta; nunca se le había dado bien aquel juego.

Capítulo XXII

Joe conducía a toda prisa. Meyer estaba fuera de sí tras la última llamada.

—No puedo creer que sea tan temeraria. Enfrentarse sola a un asesino en serie... es de locos. ¡De locos! —recalcó la última palabra haciendo énfasis en cada sílaba. Olivia comenzó a hablar por el intercomunicador.

—Jefe, hemos encontrado a Robert Green.

—¿Y bien? —quiso saber ansioso. Olivia comenzó a contarle la historia.

—Era un famoso y reconocido psicólogo de Nueva York, había lista de espera para visitar su consulta. En el ámbito laboral estaba bien posicionado y el dinero no suponía ninguna preocupación. Estaba casado con una maestra de literatura. Cuando se convirtió en su esposa dejó de ejercer y abrió un restaurante donde era la chef, su segunda pasión. La pareja vivía feliz y sin preocupaciones. Hasta que un invierno decidieron pasar las vacaciones de diciembre en una cabaña en el bosque. Había sido un invierno duro y la nieve lo había colapsado todo. Hubo una avalancha y quedaron atrapados en la cabaña durante una semana. Cuando el equipo de rescate los sacó de allí, la mujer había muerto. Después de aquello él ingresó en una institución psiquiátrica y nunca más se supo de él.

—Hasta ahora... —añadió Meyer.

—No exactamente. Sus sospechas eran ciertas, Green escondía algo. Su verdadero nombre es Mark Jones.

Capítulo XXIII

Davis miraba a Green con cara de incredulidad.

—¿Quién es Mark Jones? —Preguntó sin rodeos.

—Estás hablando con él —respondió con orgullo.

—¿Estás jugando conmigo? —preguntó indignada.

—Ya te he dicho que no era esa mi intención. Déjame que te cuente... Trabajaba en lo que me gustaba, tenía éxito en lo que hacía, tenía una mujer maravillosa y el dinero nos sobraba. Las últimas navidades juntos, decidí sorprenderla pasándolas en una cabaña en las montañas. Hubo una fuerte tormenta y parte del manto se desprendió, quedando nuestra cabaña oculta bajo la nieve con nosotros dentro. Gina se había fracturado una pierna al caer cuando la casa comenzó a temblar por la avalancha. El hueso había atravesado la carne y sangraba bastante. La curé y la cuidé como mejor pude con lo poco que contábamos; ni siquiera teníamos comida.

Solo quería pasar un fin de semana romántico con el amor de mi vida —Green giró la cabeza para evitar que Davis viera una lágrima que se le había escapado.

—¿Qué le pasó a Gina?

—Murió en mis brazos —a Green le costaba tener que decirlo en voz alta —Cuando nos encontraron creyeron que yo la había matado.

—¿Y era así?

—¡No! ¡Jamás le habría hecho daño! ¡La amaba! La pierna comenzó a gangrenarse y tuvimos que tomar una decisión, la más difícil de toda mi vida.

—¿Qué hiciste Robert?

—Le corté la pierna para que siguiera con vida, no sé cómo lo hice pero parecía que había funcionado. Fue una auténtica carnicería. Tuve que cortar y quemar la zona para que no se desangrara —Natalie sintió como se le revolvía el estómago.

—¿Cuánto tiempo estuvisteis bajo la nieve? —Davis intentaba evitar el tema escabroso.

—Una semana. Ni siquiera había comida y tuve que recurrir a tomar medidas desesperadas, y alimentarme con la carne de la pierna de mi propia mujer. Luego me encerraron hasta que la autopsia me exculpó —las náuseas de la agente aumentaban.

—Fue una situación muy traumática y extrema, debiste ir a terapia. Ellos te habrían ayudado —al oír esas palabras, Robert comenzó a reír.

—Fue entonces cuando me di cuenta de que mi profesión apestaba. Estuve unos siete meses encerrado y no me sirvió ¡de nada! Eran una panda de inútiles. En seguida supe que no podrían ayudarme; les engañé haciéndoles creer que todo estaba bien y que había sido gracias a ellos.

—No debiste hacer eso —recriminó Natalie preocupada.

—Lo único que sabían hacer era darme pastillas y obligarme a hablar de mis sentimientos.

—¿Fue entonces cuando te mudaste aquí?

—Sí, quería olvidar todo aquello. Mi vida sin ella ya no tenía sentido. Así que cambié de nombre y elegí el sitio más alejado que pude encontrar. Quería comenzar una nueva vida y me pareció una buena idea trabajar restaurando muebles antiguos.

—Pero al parecer no te funcionó...

—Nunca fue mi intención acabar con la vida de nadie.

—Si no recuerdo mal son 6 víctimas, 8 si cuentas a Denny y Smith, y una agresión.

—Durante un tiempo pude sobrellevarlo, hasta que en uno de mis viajes me crucé con una chica que acababa de ser arrollada por un coche. El tipo la había tirado de su bicicleta y se había dado a la fuga. La chica estaba bien pero le sangraba una pierna. Me ofrecí a llevarla y... bueno, ya sabes lo que sucedió. Aquello despertó algo que creía muerto dentro de mí pero...

—Solo estaba dormido.

—Exacto. Me volví un yonqui de la carne humana —Natalie sabía que la pregunta que debía hacer no iba a ser agradable y dudó si dejar ese honor a Meyer. Inspiró y continuó.

—¿Qué hiciste con la carne?

—No creo que quieras oírlo.

—Es parte de la investigación.

—Creerás que soy un monstruo pero es algo muy común en algunas tribus indígenas.

—Creo que voy a vomitar —anunció Natalie llevándose la mano a la boca, intuyendo que Robert se había vuelto un caníbal.

—Es una carne muy sabrosa.

—¡Cállate!

—Lo siento —Robert se disculpó y abandonó su silla para servirle a Natalie un poco de agua. Regresó a su sitio mientras ella bebía con calma.

—¿Por qué el hígado? ¿Es un recuerdo o un trofeo por haber hecho bien tu trabajo?

—No, es lo más sabroso —se limitó a responder Green. Davis no podía creer lo que oía, prefirió no hurgar en el tema.

—¿Por qué Denny?

—Jamás hubiese querido tener que recurrir a eso pero mi coche se estropeó y no pude ir a la ciudad. Ya no quedaba nada de... mi "dosis" y lo necesitaba.

—¿Existía comprador?

—No —Natalie sacó las notas con las señas y se las enseñó.

—Debiste haber sido más cuidadoso. No coinciden. Una es la que llevaba Denny y otra la que me has dado.

—Ya nada de eso importa. ¿Cómo averiguaste que era yo? ¿Por esa nota?

—Al repasar mis apuntes y recrear toda la escena en su conjunto, me di cuenta de que lo más evidente era lo que menos deseaba que fuera; y lo supe. Solo alguien como tú que se dedica a la artesanía podía moverse por el aserradero sin temor a llamar la

atención y conocer sus horarios con exactitud —
Green la contemplaba fascinado.

—¿Lo sabías antes de venir a cenar y aun así viniste?

—Tenía mis dudas y quise comprobar por mí misma que era verdad, aunque supusiera poner mi vida en juego. Ha sido a lo largo de nuestra conversación cuando lo he visto todo claro.

—Jamás te haría daño, Natalie. Realmente me importas.

—¿Y por eso me golpeaste en la casa de la señora Henryson? Mi subconsciente me decía que habías sido tú, pero todo este tiempo he evitado ver las señalas que no quería creer.

—Me colé allí para destruir cualquier otra prueba que pudiera incriminarme pero piensa que si hubiese querido acabar contigo lo hubiese hecho, como hice con Smith —Davis sintió un escalofrío al oír aquellas palabras. Decidió seguir con el interrogatorio.

—Creo saber cómo hiciste lo de Denny e incluso lo de Smith pero no entiendo por qué Betty.

—Cuando dejé a Denny en la furgoneta tomé el camino del aserradero, donde me encontré con Smith, y al llegar a casa, Betty venía de la consulta de Morrison. Primero pensó que me había atacado algún animal pero luego se asustó y comenzó a gritar; no podía arriesgarme a que me descubrieran así que la golpeé y cayó inconsciente. Llevaba unos somníferos y la hice tomar algunos para que no despertara.

—La escondiste en una carretilla y la llevaste al bosque.

—Eres bastante buena —Green llenó su copa y bebió el vino de un trago.

—¿No pensaste que volveríamos a buscar la furgoneta?

—En aquel momento mi única preocupación era deshacerme de ella.

—¿Por qué no la mataste?

—No podía perderme la reunión en el ayuntamiento. Todo el pueblo iba a ir; hubiesen sospechado.

—Te faltó tiempo —susurró Natalie recordando que ese era el motivo que ella había determinado.

—Siento mucho lo de Smith. Nunca creí que hubiese llegado a verme.

—Y no lo hizo.

—Pero si él dijo claramente que sabía quién era...

—El asesino —Davis tuvo que terminar la frase una vez más—Solo intuyó que el tipo que había visto merodeando por el camino de arena y con el que se había cruzado en el aserradero, eran la misma persona responsable de los incidentes.

—Pobre Smith, realmente siento que acabara así — Green estaba verdaderamente arrepentido de esa muerte, cosa que no parecía hacer con el resto.

Unos golpes y los ruidos de unos cristales rompiéndose les avisaron de que llegaban los refuerzos.

—Parece que ya ha llegado la caballería —los dos seguían sentados sin alterarse —Una última cosa, Natalie. Debajo del fregadero está tu maletín.

—¿Cómo te lo llevaste?

—Cuando Cooper empezó a echar a la gente de la clínica, aproveché la confusión para llevármelo; se parece a mi maletín de herramientas así que nadie desconfió de mí —Natalie estaba asombrada.

De repente dos hombres armados irrumpieron en la habitación. Cooper apuntaba a Robert y Scotty esperaba en la retaguardia.

—¿Natalie estás bien? —preguntó Cooper. Natalie seguía sentada, observando la escena como si ella no formara parte de aquello. Green volvía a servirse un trago.

—¿Natalie te encuentras bien? —Volvió a repetir el sheriff. Ella no respondió, se limitó a ponerse en pie.

—Mark Jones queda detenido por las muertes de Denny Carlson y Arthur Smith. Tiene derecho a guardar silencio. Todo lo que diga podrá y será utilizado en su contra. Puede solicitar la presencia de un abogado, en caso contrario se le asignará uno de oficio —cuando le leyó sus derechos, Cooper le colocó las esposas.

Natalie se adelantó a ellos y buscó el maletín donde Green le había indicado. Lo agarró y bajó las escaleras precediendo al detenido. Cruzando la puerta, Robert escoltado por los agentes, la obligó a detenerse en medio de la calle.

—¡Natalie! —gritó. Las sirenas de sus compañeros se oían ya cerca y atravesaban la calle principal a toda velocidad. Natalie se mantenía inmóvil dándole la espalda —Todos tenemos algo que ocultar. Un enorme peso que cargamos a nuestra espalda. Unos aprendemos a vivir con ello, otros como tú huyen al pueblo más alejado creyendo que así podrán liberarse. ¿Cuál es tu secreto Natalie? —Davis parecía petrificada, sin intención de hablarle ni darle la cara. Él siguió intentando recibir una despedida de ella —No somos tan diferentes. Nunca olvides que te quise.

Las furgonetas del FBI finalmente habían llegado, se colocaron acotando la tienda de antigüedades. Meyer saltó del vehículo, aun en marcha, preocupado por Davis. Ella seguía de pie, paralizada sobre el asfalto.

—¡Natalie! ¡Natalie! —Robert la seguía llamando mientras Cooper lo metía esposado en la parte trasera de su coche.

De repente, Davis volvió en sí, y reanudó la marcha en dirección a Meyer. Jack la abrazó, olvidando el protocolo. Lo hacía con tanta fuerza que Davis no podía respirar. No gesticulaba, ni hablaba. Natalie mareada lo apartó de un empujón, esparciendo sobre sus botas la cena. Después de aquella noche, no probaría la carne en mucho tiempo.

Capítulo XXIV

Meyer delegó en Olivia, quien asignó a cada miembro la función a desempeñar.

—Brandon, ve a visitar al doctor Morrison y que te facilite restos de las víctimas y de la chica para comparar las muestras; luego únete a Jessica en la investigación de la casa de Jones. Joe encárgate de analizar las pruebas que recopiló Natalie. Entretanto, Meyer se encargará de tomar declaración y custodiar al detenido, y yo estaré con Natalie redactando el informe. Ya sabéis como funciona esto, para cualquier cosa estamos en comisaría.

Joe se quedó junto al taller haciendo los exámenes pertinentes y Olivia escoltó al sheriff hasta la central.

Meyer se había ofrecido a conducir. Davis viajaba a su lado absorta con la mirada puesta en algún lugar lejos de allí. Jack la observaba de reojo sin decir nada. Olivia se mantenía en su sitio en la parte de atrás deseando llegar para escapar de aquella incómoda situación.

Una vez en el lugar, Cooper esposó a Robert a una silla dejándole la mano derecha libre para que pudiera redactar su confesión. Meyer se había colocado frente a él como escolta, mientras el resto se esforzaba en seguir las indicaciones dadas por Estévez. A petición de Meyer, Cooper y Scotty permanecían en la oficina del sheriff para dejarles intimidad. Davis se apoyaba contra una pared sin apartar su vista de Green. No entendía como un hombre como aquel podía ser un monstruo. ¿Sería ella también un ser horrible por sentirse atraída por un asesino? Aun debía confesarle a Meyer su relación con Robert; pero no estaba segura hasta donde debía contarle. Olivia examinaba la pared llena de notas.

—¿Natalie? Entra, necesito que me expliques todo lo sucedido desde que llegaste a Village Street —Davis arrastró los pies hasta su oficina y cerró la puerta.

Meyer estudiaba al detenido durante todo el tiempo que este dedicaba a escribir su declaración sobre los sucesos.

—Sea minucioso y no se deje ningún detalle —le recordó el agente.

—¿También he de incluir cómo abrazó a su subordinada? —Green parecía molesto por tener que tratar con aquel hombre.

Tenía el pelo castaño, piel bronceada y barba de varios días; bajo su chaqueta podía averiguarse que era asiduo al gimnasio. Cualquier mujer se sentiría atraída por un tipo como aquel y eso no le gustaba.

—No soy yo el que tiene que dar explicaciones aquí. Limítese a su redacción.

—Debe ser frustrante trabajar con una mujer tan bonita como ella y que no surja ningún acercamiento.

—Continúe escribiendo, por favor.

—Lo hago por ella, ¿sabe? —Green siguió escribiendo pero había conseguido su propósito de perturbar al agente.

—¿A qué se refiere?

—¿Usted qué cree? Piense en ello, hablaremos cuando acabe lo que tengo que hacer —Robert regresó a su declaración y Meyer endureció el gesto de su cara.

En la habitación contigua Natalie narraba su historia a Olivia.

—Y eso fue todo hasta que llegasteis —concluyó Davis.

—Realmente has tenido un día duro; pero hay algo que no entiendo, ¿por qué ese cambio de actitud? Cuando confesaste que sabías quien era el asesino, mantuvo la calma y en cambio con Smith, fue tajante.

—Supongo que se daría cuenta de que ya no tenía escapatoria. Desde el primer momento congeniamos y supongo que me vería como una amiga.

—Natalie, ¿hay algo más que no me has contado?

—Nada que tenga que ver con el caso.

—¿No crees que eso debería de juzgarlo yo? —dijo con afecto —¿Sabes que cuando mientes evitas mirar a los ojos y tu gesto se endurece?

—Ya... últimamente todo el mundo parece saber todo de mí, cuando miento o cuando me siento mal.

—Natalie, soy tu amiga; prometo no incluirlo si no es estrictamente necesario.

—Meyer va a echarme del equipo cuando se entere —se ocultó tras sus manos —Después de por todo lo que tuve que pasar para formar parte de esto.

—Si ocultas algo y resulta ser relevante, podrían sancionarte de igual manera.

—Nunca tuve intención de que pasara, pero pasó.

—¿Te has acostado con ese tipo?

—Sí.

—¡Natalie!

—Por favor, escucha como pasó y luego júzgame.

Al otro lado, Green había terminado de escribir y solo le quedaba firmar con su nombre.

—Debe poner su nombre y firmar a continuación —aclaró Meyer.

—Una vez que lo haga, ya no habrá vuelta atrás.

—Así es.

—¿Ha pensado en lo que le he dicho hace un momento?

—No había nada en lo que pensar. Haga el favor de terminar.

—Es usted un tipo duro, supongo que solo siendo así acaba uno dirigiendo un equipo de investigación; eso, o se tienen los contactos oportunos.

—Firme —ordenó el agente.

—Lo haré, no dude que lo haré. Yo sé cumplir mis promesas.

—Ambos sabemos que no firmará hasta que diga lo que sea que quiera decirme, ¿por qué no lo suelta de una vez para que podamos acabar con todo esto?

—Es más divertido hacerlo de esta manera. A medida que yo digo algo, usted baja la guardia y se molesta. Es realmente interesante lo que se consigue de usted hablando de Natalie. Debería haberlo tenido en cuanta antes de permitirle formar parte de su equipo; ella es su talón de Aquiles. De mí no tiene que temer, pero vendrán otros que no se lo pondrán tan fácil.

—Por lo que veo solo es un charlatán que quiere hacerme perder el tiempo. ¿Quiere aprovechar las horas que le queden de vida antes de silenciarse para siempre? ¿O cree que tendrá la suerte de no acabar en la silla? —Aquellas duras palabras habían herido a Green. Decidió dejarse de juegos. Firmó y añadió.

—Yo al menos puedo morirme tranquilo sabiendo que Natalie ha estado entre mis manos y usted jamás podrá tocarla — Meyer se levantó de su asiento y golpeó en la cara a Robert haciéndolo caer al suelo junto a la silla a la que estaba esposado.

Los agentes acudieron a la sala. Natalie se mantenía en la retaguardia.

—Cooper encárguese de este tipo. El resto a la cama, mañana saldremos temprano —nadie dijo nada; pero todos miraron a Davis, a excepción de Scotty que ignoraba lo que sucedía.

Capítulo XXV

Todo el equipo pasó la noche en la casa de Henryson, excepto Meyer; él había dormido por turnos con Cooper para custodiar al asesino en la comisaría.

Al día siguiente medio Village Street había acudido a la Plaza Mayor para despedir a los agentes. Meyer parecía tener peor humor que de costumbre. Davis mantenía las distancias con sus compañeros y evitaba hablar si no era rigurosamente necesario. El alcalde se acercó a ella.

—Ha hecho un buen trabajo, señorita. Por lo demás no debe preocuparse. Ustedes llevan a prisión a Mark Jones. Robert Green no debe ser más que un agradable recuerdo de su estancia aquí. Lástima que no haya podido disfrutar de las cosas buenas que tiene este lugar. Quizás en la próxima visita—

sugirió Gordon. Natalie sonrió condescendiente, prometiéndose a sí misma no volver nunca más a aquel lugar.

Todos parecían agradecidos por su captura e incluso Betty había hecho un esfuerzo por acudir a despedirse.

—Gracias por todo, señorita Davis. Siento no haber podido avisarla antes, quizás Smith aun seguiría con vida.

—No debes preocuparte por eso, en tu estado no podías hacer nada.

—Ya... aun así intenté decírselo con las flores.

—¿Qué flores, Betty?

—Cuando desperté por primera vez en la clínica, nadie parecía hacerme caso y apenas conseguía poder decir nada. Lo único que se me ocurrió fue decirle por señas quién era, pero el jarrón se calló y usted se marchó antes de poder enseñarle las hojas verdes que había arrancado.

—Green —añadió Natalie haciendo referencia a la coincidencia del apellido con el color en inglés.

—Exacto.

—Eres una chica muy lista. Estoy segura de que muy pronto estarás recuperada. Toma, si necesitas algo, llámame —Davis le dio una tarjeta con su número de teléfono.

Meyer parecía impaciente por marcharse y comenzó a dirigir a los agentes.

—Brandon, Olivia y Jessica viajarán con el detenido. Natalie y Joe conmigo en la otra furgoneta —todos obedecieron menos Davis que quiso decir adiós a su equipo.

—Morrison cuide mucho a Betty y espero que la boda sea todo un éxito.

—Gracias. Cuídese.

—Cooper has sido un buen compañero. Me alegro de haber trabajado contigo —se acercó y le susurró —No seas tan duro con Scotty y olvídate del vino,

Eleonor no se lo merece —Cooper se sonrojó y prometió hacerle caso.

—Scotty, sigue trabajando duro. Has hecho muy buen trabajo.

—¿No está enfadada porque no le hiciera caso?

—No. Hiciste lo que creíste que era mejor y tomaste la iniciativa. Haz caso al sheriff.

—Vamos, Davis —interrumpió Meyer deseoso de irse de allí—Sube a la furgoneta —Natalie subió mientras el agente se despedía del alcalde y su mujer.

Ya de camino, Meyer conducía y Davis no apartaba la vista de la ventana sin dejar de darle vueltas a algo que escondía entre sus manos. Joe había optado por echarse a escuchar música, evitando así respirar la tensión que pululaba en el ambiente.

—¿No tienes nada que decirme? —preguntó Jack.

—¿Como jefe o como amigo? —quiso saber antes de confesar.

—Natalie, ese tipo me lo contó anoche todo. Solo esperaba que fueras lo suficientemente madura para contármelo tú —A ella no le apetecía hablar de nada, lo único que hacía era mirar por la ventana hacia ninguna parte y aferrarse al objeto que tenía entre las manos.

—¿Qué pasará con él?

—Pues… encontraron su ropa llena de sangre y los análisis de Joe determinan que era de Denny. El botón encontrado dentro del muchacho pertenecía a la misma camisa y la lámina que parecía de celulosa, ha resultado ser una lámina de madera; supongo que de algunos de sus muebles. Y la carretilla que guardaba Melvin, está lleno de huellas de Mark Jones.

—¿Y la huella del coche?

—También coincide con las suyas. Todo eso unido a su confesión y que la carne que cocinó era humana, sabes que no pinta bien.

—¿Lo condenarán a pena de muerte?

—Es lo más probable.

—¿Me vas a suspender? —dijo preocupada por su futuro.

—Aun no lo he decidido.

—Pasara lo que pasara allí, tienes al asesino.

—Sí, pero aun no estoy seguro de si fue cuestión de suerte.

—Si me suspendes nunca lo sabremos. Además, no interfirió en el caso.

—No estoy de acuerdo. Si te hubieses centrado en el trabajo quizás lo hubiésemos pillado hace días.

—¿Ahora soy culpable de los asesinatos? —Davis comenzaba a enfadarse y a serle difícil contenerse.

—No te culpo pero creo que la muerte de Smith podría haberse evitado.

—¿Sabes a qué hora mataron a Denny Carlson? A las 6 de la mañana. ¿Sabes a qué hora hemos detenido al asesino? A las 21 de la noche. No ha pasado ni un día y he pillado a ese tipo. Sola y sin ninguna de tus maquinitas —Natalie comenzaba a subir el tono.

—Me parece muy bien pero ya había matado antes y tu objetivo era que no se volviese a repetir —Meyer no estaba dispuesto a hacer concesiones ni ponérselo fácil a la chica.

— ¿Por qué no eres sincero? —la agente comprobó que Joe no los pudiera oír —¿Qué te jode más que me lo tirara o que lo haya hecho sin tu ayuda?

—Te equivocas. Y te recuerdo que te guste o no, soy tu superior —Natalie deseó abofetearlo, en cambio, hizo voto de silencio todo el trayecto hasta el aeródromo donde les esperaba el avión para llevarlos a casa.

En la pista de despegue, Meyer dispuso como debían sentarse; no estaba dispuesto a que Natalie y Mark Jones cruzaran palabra. Meyer exigió que Davis se sentara junto a él, custodiándola como si ella fuera la detenida. A Natalie lo único que le interesaba era el objeto del que no se había apartado desde que habían iniciado su viaje de regreso. El lapicero tallado para ella por el asesino de Village Street.

Agradecimientos:

Gracias a todos aquellos que cuando les dije que por fin iba a hacer lo que me gustaba, dudaron de mí, pensaron que estaba loca o se burlaron. Gracias a ellos porque consiguieron que me reafirmara en mi decisión y hoy sea una realidad.

Gracias a mis padres y mis hermanos por estar siempre para mí, en lo bueno y en lo malo; gracias por apoyarme en cada nueva locura.

Gracias a los que creyeron que esto era posible. Gracias a los que han participado tanto en la revisión, promoción y/o difusión.

Y sobre todo, gracias a ti, que entre todas las joyas que había en la librería, has optado por darle una oportunidad a esta autora novata. Nos leemos en la siguiente entrega.

Annabel Navarro.

CPSIA information can be obtained at www.ICGtesting.com
Printed in the USA
LVOW11s0543260416

485224LV00005B/419/P